LA QUESTION DU JOUR

RESTERONS-NOUS FRANÇAIS

SUPPRESSION DE LA LANGUE FRANÇAISE AU CANADA—LE CANADA ET LES CANADIENS-FRANÇAIS PENDANT LA GUERRE FRANCO-PRUSSIENNE—DE L'ÉLÉMENT ÉTRANGER AUX ETATS-UNIS

PAR

Faucher de Saint Maurice

Docteur ès-lettres, ancien député à l'Assemblée Législative, ancien capitaine stagiaire au 2e bataillon d'infanterie légère d'Afrique, chevalier de la légion d'honneur, ancien président du syndicat de la presse de la province de Québec, ancien président de la section française de la Société Royale du Canada, membre de la société des gens de lettres de France, des sociétés de géographie de Marseille, Mexico, Rochefort, Venise, Paris, de l'Académie des inscriptions, sciences et belles lettres de Rouen

QUEBEC :

Imprimerie Belleau & Cie

1890

LA QUESTION DU JOUR

RESTERONS-NOUS FRANÇAIS ?

LA QUESTION DU JOUR

RESTERONS-NOUS FRANÇAIS

SUPPRESSION DE LA LANGUE FRANÇAISE AU CANADA—LE CANADA ET LES CANADIENS-FRANÇAIS PENDANT LA GUERRE FRANCO-PRUSSIENNE—DE L'ÉLÉMENT ÉTRANGER AUX ETATS-UNIS

PAR

Faucher de Saint Maurice

Docteur ès-lettres, ancien député à l'Assemblée Législative, ancien capitaine stagiaire au 2e bataillon d'infanterie légère d'Afrique, chevalier de la légion d'honneur, ancien président du syndicat de la presse de la province de Québec, ancien président de la section française de la Société Royale du Canada, membre de la société des gens de lettres de France, des sociétés de géographie de Marseille, Mexico, Rochefort, Venise, Paris, de l'Académie des inscriptions, sciences et belles lettres de Rouen

QUEBEC :
Imprimerie BELLEAU & CIE

1890

À

LA MÉMOIRE DE MA MÈRE

—NÉE CATHERINE-HENRIETTE MERCIER—

À CELLE QUI, SUR SES GENOUX,

M'A ENSEIGNÉ À PARLER ET À LIRE

"CETTE BELLE LANGUE FRANÇAISE

QUI EST L'INTERPRÈTE

LE PLUS HABILE DE L'ESPRIT

ET DE LA PENSÉE HUMAINE"

LA QUESTION DU JOUR

SUPPRESSION DE LA LANGUE FRANCAISE

AU

CANADA

CONFÉRENCE DONNÉE DEVANT L'UNION COMMERCIALE
DE SAINT-ROCH DE QUÉBEC

Dans la province de Québec, nous ne cessons d'entourer de justes prévenances et de délicates attentions la minorité anglaise. La majorité de certaines autres provinces n'en fait pas autant pour les nôtres. Regardez ce qui se passe au Manitoba. On vient d'y proscrire la reine de toutes les langues, la belle, la grande, la poétique langue française.

Dans les prairies de l'ouest une majorité anglaise se fait le pion de toute une race, et force des milliers de Français à quitter leurs charrues, leurs champs, leur commerce, pour se mettre en concurrence avec un prix de thème et réciter aux buffles et aux traiteurs, les "*principles of english grammar.*" Pourtant le *fair play* britannique s'est promené sous d'autres cieux que sous celui où Longfellow a fait naître, prier, souffrir Evangeline, et d'où il l'a fait arracher par des soudards, que pareils traits d'héroïsme militaire ont fait passer à l'histoire. On ne change pas une race du jour au lendemain. Les Acadiens et les Canadiens-français sont encore debout pour le prouver.

Les temps sont-ils proches, et les Manitobains d'abord, les Acadiens et les Canadiens-Français ensuite, seront-ils obligés de faire répéter avant peu, devant le Parlement anglais, ces paroles amères que le père de notre ancien gouverneur-général le marquis de Lorne, le duc d'Argyle, faisait dire à l'émir de l'Afghanistan et à ses sujets dans un remarquable discours qu'ils prononçait alors à la Chambre des Lords ?

—"*They were justified in saying that they had a deep rooted mistrust of the good faith and sincerity of the British Government.*"

— "Ils étaient justifiables en disant qu'ils avaient une profonde méfiance de la bonne foi et de la sincérité du gouvernement."

Voilà ce que disait le duc d'Argyle en 1879. Est-ce que cette histoire de l'Orient doit se répéter pour nous sur ce libre sol de l'Amérique ?

En lisant ces lign's un savant, le grand géographe Onésime Reclus, m'écrivait :

— " Je crois très fermement à votre victoire en Amérique : vous avez une fécondité supérieure ; vous avez plus de traditions et de meilleures que vos voisins ; enfin, bien que protestant, j'estime que le catholicisme sincère chez un peuple est un brevet de longévité. Le protestantisme, simple négation, n'est au fond qu'un émiettement : les nations qui s'y fient seront un jour honteuses de leur chute. Puis quand vous aurez plus de nombre, le catholicisme pourra vous aider à amalgamer peu à peu les catholiques d'autres origines qui vous entourent.

" Mais vous aurez de mauvais jours à passer. Le Nord-Ouest est la dernière ressource de l'émigration en pays tempéré—la Sibérie à part. —Il faut donc vous attendre à le voir envahir rapidement par les Ontariens, les Anglais, les Ecossais, les Islandais, les Américains, peut-être par les Allemands. Il se passera là, ce qui s'est passé lors de la colonisation d'Ontario : ce sera un semblant d'écrasement, parce que cette invasion diminuera votre nombre proportionnel dans la Puissance.

" Ce sera fini dans vingt ans. Il n'y aura plus d'émigration ou fort peu vers l'Amérique ;

et à partir de ce moment vous croîtrez plus que les autres Les lois de la nature seront pour vous, et je ne doute pas que vous ne preniez lentement l'ascendant. Ce qui s'est passé dans les cantons de l'Est, ce qui se passe sur l'Outaouais est le symbole de l'avenir. Seulement il est nécessaire que vous ayez partout un noyau. L'arbre grandira tout seul. C'est pour cela que l émigration canadienne vers le Nord-Ouest est d'une importance *capitale*. Travaillez-y de toutes vos forces. Jetez là-bas les îlots canadiens-français, acadiens ou français qui finiront par se réunir et par être la terre ferme. Puis, n'oubliez pas que chaque millier d'hommes qui ne va point aux Etats-Unis ou qu'on rapatrie figurera avec ses accroissements aux recensements de 1891-1901, etc., etc. Il contribuera à vous mettre en minorité moindre.

“ C'est l'essentiel.

“ Je vous le répète, la colonisation rapide du Nord-Ouest par les éléments dits saxons vous rabaissera soudain dans l'échelle proportionelle, surtout depuis 1881. Vous ne serez pas 30 %.

“ N'ayez crainte ; votre tour reviendra. Mais pour que l'arbre vienne, il faut le planter. Qu'il ait seulement des racines : il s'élèvera du taillis étranger et finira par le dominer.

Au mois de juillet, 1878, le gouverneur-général du Canada, le comte de Dufferin, disait à l'Assemblée Législative, en lui faisant ses adieux :

" Je ne crois pas que l'homogénéité des races soit un bienfait sans mélange pour un pays.

" Certainement, un des côtés les moins attrayants d'une partie considérable de ce continent est la monotonie de plusieurs de ses aspects extérieurs, et,—selon moi,—il est heureux pour le Canada que sa prospérité dépende du travail commun de races différentes.

" L'action conjointe de divers éléments nationaux donne à notre existence une fraîcheur, une variété, une couleur, une impulsion éclectique qui manqueraient sans cela ; et ce serait une politique fautive d'essayer de la faire disparaître.

" Mes plus ardents désirs pour cette province ont été de voir sa population française jouer le rôle si admirablement rempli par la France en Europe.

" Arrachez de l'histoire de l'Europe les pages brillantes qui rappellent les exploits de la France ; retranchez du trésor de la civilisation européenne la part que la France y a apportée : et quel vide énorme n'aurez-vous pas ? "

Ce grand témoignage rendu à notre énergie, au résultat de nos luttes, fut commenté par la presse du pays. Je signalai ces remarquables paroles dans une étude signée et intitulée : *Lord Dufferin et le Canada français.* Le lendemain, le comte de Dufferin me remerciait par les lignes suivantes :

—" Je suis charmé de voir que l'allusion que je viens de faire au rôle réservé à la population française, en ce pays, s'accorde avec le sentiment de la population canadienne. Je puis vous assurer qu'elle ne m'a pas été dictée par aucune politesse de convention, mais bien par la conviction la plus profonde, la plus forte. Je crois que non-seulement la politique du gouvernement impérial sera de toujours conserver intacts les droits et les priviléges du Bas-Canada, tels qu'ils lui ont été concédés dès l'origine, mais encore qu'elle s'appliquera à cultiver, à développer, par tous les moyens en son pouvoir, le juste orgueil—*the just national pride*—le sentiment de ses habitants."

Voilà ce qu'un vice-roi anglais m'écrivait le 15 juillet 1878.

Trois ans auparavant, le 8 juillet 1875, lord Dufferin n'avait pas craint, en parlant des Canadiens-français, de dire ces paroles à un banquet offert à Londres par le *Canada Club* :

—" Je ne sais ce qui se passe ailleurs, mais au Canada pour sûr, la race française a appris en perfection *la règle d'or* de la modération et elle arrive aux résultats les plus excellents par la pratique des concessions nécessaires—même s'il le faut par le sacrifice d'un peu de dogmatisme logique. Bien souvent les différends s'ajustent par les transactions de principes—*compromises*—les plus justes et les plus généreuses. La preuve de *cet heureux état de choses* se découvre dans le fait que les querelles d'opinion qui, autre part, divisent les communautés et factions religieuses et ethnographiques, ne créent aucune séparation entre les sections sociales canadiennes ; les distinctions, soit de croyance, soit de race, sont naturellement nuisibles chez eux comme ailleurs, mais elles ne prêtent à aucune étroitesse de *secte*, ne parquent pas les hommes dans les partis hostiles. Le Canadien-français est indépendant—*il est lui-même*—s'embarrasse si peu des liens imposés par le passé, qu'il a droit à ses idiosyncrasies même, et que les froissements d'individu à individu ou de classe à classe ne se produisent presque jamais. On a son opinion plutôt que son parti, et on voit à tout instant des amis voter les uns contre les autres. Peut-être l'excellence de cette situation politique vient-elle de l'entière liberté dans laquelle fonctionne leur système politique et de l'absence de toutes complications administratives par lesquelles sont entravées des civilisations plus anciennes. Leur développement gouvernemental suit, pour ainsi dire, les lois de la nature et ne s'embarrasse nullement de pratiques conventionnelles, de précédents ou d'autres empêchements législatifs ou techniques ; ils suivent ce qui, au moment donné, leur paraît être l'intérêt général."

Et continuant à faire, dans ce même discours, l'éloge de la race canadienne-française, lord Dufferin ajoutait :

—Je tiens à préciser le plus fortement possible *l'habileté et l'intelligence extraordinaire* dont fait preuve la partie française des sujets de Sa Majesté la Reine, dans sa persistance et loyale coopération au Canada avec ses concitoyens britanniques. On peut dire que le commencement de tous les privilèges constitutionnels dont la colonie jouit à cette heure, C'EST A ELLE, C'EST A CETTE PARTIE FRANÇAISE QUE L'ANGLETERRE LE DOIT."

" Je le déclare hautement—et ces lignes sont soulignées dans le discours de lord Dufferin :—*nos compatriotes Canadiens-Français sont, par le fait, plus rigoureusement parlementaires que les Anglais, et jamais à aucune période de l'existence et des fortunes si mouvementées du Canada, les hommes d'Etat canadiens-français n'ont fait défaut à l'œuvre publique, mais ils ont sans cesse demandé à leurs associés une part égale d'activité dans la création des traditions représentatives de ce qui constitue en somme l'histoire constitutionnelle du pays.*

Le marquis de Lorne partageait les vues du marquis de Dufferin sur le rôle que la race canadienne-française est appelée à jouer sur le continent américain.

—" D'année en année," disait ce noble lord, en faisant ses adieux à notre Assemblée législative, " j'ai eu l'occasion de mieux apprécier le dévouement des habitants de la province de Québec à Sa Majesté, à son gouvernement, ainsi qu'aux intérêts de l'empire, et rien ne m'a inspiré plus de fierté, que de constater dernièrement, lorsque la Grande-Bretagne était menacée d'une grande guerre, que les sujets canadiens-français de Sa Majesté ne sont restés le moins du monde en arrière de leurs concitoyens anglais, écossais et irlandais, dans leur empressement à concourir à la défense de l'Empire britannique.

" Il est vrai que les diversités de race qui existent au Canada compliquent jusqu'à un certain point les problèmes politiques que les hommes d'Etat de ce pays sont périodiquement appelés à résoudre ; mais les inconvénients qui peuvent résulter de cet état de choses, sont plus que compensés par les nombreux avantages qui en résultent.

" Il viendra une époque, " ajoutait le gouverneur-général, " où ces choses là ne sauraient jamais être trop répétées. "

En arrivant à Québec, le marquis de Lorne n'avait pas voulu rompre avec la chaîne des traditions. N'était-ce pas lui qui, recevant l'adresse de bienvenue du maire de notre ville, saisissait cette occasion pour faire avec tact l'éloge de la langue française ?

" J'exprime mes sentiments "—disait-il alors —" dans ce beau langage, qui dans tant de pays et durant tant de siècles, fut regardé comme le type de l'expression concise, nette et le plus habile interprète de l'esprit et de la pensée humaine."

Dernièrement, le marquis de Lorne me faisait l'honneur de m'écrire :

" *I am convinced that absorption into the United States, would involve an eternal farewell for your people to Language, Laws and Institutions.*

" Je suis convaincu que votre absorption par les Etats-Unis, comporterait pour vous Canadiens-français un éternel adieu à vos institutions, à votre langue et à vos lois."

Ces importantes paroles tombant de lèvres aussi autorisées méritaient d'être connues du public, surtout au moment où il est question de la suppression de la langue française. Cette proposition fanatique n'est pas nouvelle. Elle a été discutée jadis dans la presse anglaise, et il s'est même agi dans le temps de créer une société qui n'aurait que ce but en vue. Ses ramifications devaient envelopper le monde entier.

En 1878, le *Times* n'écrivait-il pas à propos du marquis de Lorne, ce remarquable article?

" Il doit être agréable pour les Canadiens de voir que le gouverneur-général apprécie non seulement le succès avec lequel les Canadiens ont fondé une nouvelle Bretagne au-delà de l'Atlantique, mais encore que les divers éléments nationaux variés et vivaces, qui sont réunis ensemble dans le Dominion, n'ont pas échappé à son observation. Le Canada peut être considéré comme la plus impériale de toutes les colonies anglaises. La Confédération de diverses provinces lui a donné un sentiment de puissance et de dignité que nous n'avons pas encore vu se développer ni dans les colonies australiennes, ni dans celle de l'Afrique du sud. Le voisinage de la mère-patrie et des Etats-Unis a développé au Canada un sentiment de responsabilité politique que l'on chercherait en vain dans les colonies plus éloignées du grand courant des affaires du monde. Mais en outre, les éléments qui composent la société canadienne sont différents de ceux que l'on rencontre dans les autres colonies. Les premiers colons de langue anglaise venaient des colonies qui se sont révoltées, il y a un siècle, et ils ont prouvé leur fidélité à la mère-patrie par les plus douloureux sacrifices. Le sentiment de loyauté n'était pas moins vif chez ceux qui vinrent, dans la suite d'Irlande et d'Ecosse, Le robuste habitant de l'Ulster et le vigoureux montagnard Ecossais. quoique d'un caractère bien différent l'un et l'autre, se ressemblaient néanmoins par leur fidèle attachement au trône et à l'empire. Même l'élément étranger, qu'il était *nécessaire d'absorber et d'amalgamer*, provenait du meilleur *stock* : " c'était la noble race française," comme l'a dit le marquis de Lorne, " dont nous avons appris depuis des siècles à respecter et à admirer la valeur," et dont les fils sont maintenant parmi les plus fidèles et les plus utiles citoyens du Dominion."

Il y a un ombre au tableau.

Cet article du *Times*, assez flatteur pour la population du Canada en général, et pour les Canadiens d'origine française en particulier, mérite notre attention à un autre titre qu'à celui des compliments qu'il nous décerne. C'est surtout cette partie de l'article où il est dit qu'il est nécessaire d'absorber et d'amalgamer l'élément franco-canadien, qui doit attirer notre attention.

On sait qu'à une certaine époque la principale tendance de la politique anglaise en ce pays, a été de nous *absorber et de nous amalgamer.*

Ces choses n'étaient pas nouvelles.

En novembre 1826, celui qui plus tard devait être un de nos hommes d'Etat les plus distingués, l'honorable M. Antoine Norbert Morin, écrivait une lettre qui est restée. Elle était adressée à l'honorable juge Bowen. Le futur ministre, signait " Un étudiant en droit, " et prévoyant l'avenir, M. Morin résumait ainsi la question :

—" Pour éclairer ceux des Canadiens-français qui doutent de leurs droits au libre exercice de la langue française, si toutefois il s'en trouve de tels, je vais tâcher de prouver que les canadiens, comme hommes libres, et en vertu de titres que la cession n'a pu leur faire perdre, ont un droit naturel à la conservation de leur langue ; que le libre usage leur en a été garanti par la capitulation; qu'il n'est aucune loi subséquente qui les en ait privés; que la Grande-Bretagne n'a jamais prétendu restreindre l'exercice de ce privilége; qu'en le faisant, elle s'exposerait à rendre son gouvernement moins cher aux loyaux habitants de cette province; que la langue française est le langage des lois civiles qui de droit n'ont jamais cessé d'être en force dans cette colonie, parce qu'en nous en rendant l'usage la Grande-Bretagne les a simplement reconnues, et non pas établies de nouveau; que la constitution libérale qui nous a été accordée en 1791, et qui a mis le sceau aux bienfaits de l'Angleterre envers sa fille adoptive, nous garantit ce privilége d'une manière plus formelle encore, et ne nous a été donnée que pour nous mettre à portée de conserver intacts des droits dont celui du langage n'est pas le moins important; que les habitants de cette province, nés dans le Royaume-Uni, n'ont aucun privilége à l'usage exclusif de la langue anglaise dans les tribunaux; qu'un semblable privilége tendrait inévitablement à paralyser les effets de notre constitution, en établissant des distinctions qu'elle n'admet point, entre les sujets britanniques du Canada; enfin, qu'un semblable privilége ne se présume pas, parce qu'il équivaudrait à une loi privative calculée tout exprès pour rendre la justice d'un accès plus difficile à tous les sujets de Sa Majesté nés dans la colonie."

Cette lettre est un chef-d'œuvre: elle restera.

Fût-elle écoutée ?

Pendant et après le séjour de lord Durdam au Canada, on travailla encore avec acharnement à *nous amalgamer.*

Lord Durham, dans son rapport à sa Souveraine—fait il déjà un demi siècle—, va même jusqu'à recommander spécialement la suppression de la langue française et à déplorer l'imprévoyance et l'impéritie du gouvernement anglais de ne l'avoir fait plutôt ; et il indique minutieusement tous les moyens à prendre pour y parvenir. L'Union des deux provinces du Haut et du Bas-Canada, qui nous fut imposée malgré nous, n'eut pas d'autre objet. Le principal moyen suggéré par lord Durham pour faire disparaître la nationalité canadienne-française, était l'Union Législative de toutes les provinces de l'Amérique Britannique du Nord. Nous avons échappé à l'Union Législative, mais ce n'est pas la faute des hommes d'Etat anglais ni des hommes d'origine anglaise de ce pays.

Nous avons à la place, une Union Fédérale des provinces, qui tout en agrandissant notre pays, en augmentant sa puissance, sa richesse, son importance aux yeux des autres nations et en assurant mieux le maintien de la liberté politique dans son sein, garantit à notre nationalité et son existance propre et son développement.—La nationalité canadienne-française est-elle aujourd'hui moins forte, moins vivace qu'elle l'était lors du voyage de lord Durham ? Bien loin de là : notre population s'est doublée depuis lors. Elle s'est étendue sur le sol de la province, au point que le nombre des paroisses a triplé depuis cette époque.

Nous avons perfectionné notre organisation nationale, par l'adoption d'un bon système scolaire, qui met l'instruction à la portée de notre peuple, et par la création d'une bonne organisation municipale qui tout en donnant entre les mains du peuple le règlement des affaires de la municipalité, lui fournit l'occasion de s'accoutumer au fonctionnement des institutions représentatives et au *self-government*. Le commerce, l'industrie et le capital qui, à cette époque, étaient presque entièrement entre les mains de la population anglaise, sont passés depuis entre les nôtres en assez bonne proportion. Les progrès que nous avons fait dans la littérature française est attesté amplement par le nombre de journaux, de revues et de livres qui se publient en cette langue dans la province.

Non contents de nous multiplier dans la province, nous avons établi des colonies importantes dans le Haut-Canada dans le Nord-Ouest et dans les Etats-Unis. L'élément français est aussi assez important dans les provinces maritimes.

A quoi donc ont abouti les efforts des Durham, des Sydenham, des Metcalf, et après eux des MacNab, des George Brown, des Goldwin Smith, des Dalton McCarthy ? A peu de chose : si ce n'est à prouver la vitalité inextinguible de notre nationalité au Canada, et l'inutilité des tentatives que l'on a faites et que l'on pourrait faire encore pour la détourner.

Maintenant, quelle nécessité y aurait-il d'absorber la nationalité canadienne-française au Canada ? Est-ce qu'une nationalité française, nombreuse, forte, puissante serait de trop, parmi les peuples divers qui composent l'empire britannique. Sur ce point, nous en appelons à lord Dufferin, dont l'opinon a plus de valeur en cette manière que celle du *Times* de Londres.

En proposant la santé des colonies australiennes, sir F. Napier Broome signala, parmi les avantages dont elles jouissent, le fait qu'elles n'avaient ni lois, ni coutumes, ni race étrangères à conserver. En cela, dit-il, elles diffèrent considérablement des colonies du Cap et du Canada, et elles en diffèrent, à coup sûr, pour le mieux.

—“ L’extermination des races rouges de l’Amérique a été un sujet fertile pour les déclamateurs, et personne n’est invité à prôner toutes les méthodes dont on s’est servi aux Etats-Unis pour améliorer le sort de ces intéressants personnages en les faisant disparaître de la surface du globe. Nous ne voudrions pas non plus émettre l’idée que les Hollandais du Cap et les Français du Canada eussent dû voir leur sort “ s’améliorer ” de la même façon que les Peaux-Rouges. On est pardonnable, toutefois, d’éprouver un certain regret à la pensée qu’il n’a jamais été possible de leur persuader d’effectuer d’eux-mêmes cette désirable suppression. Considérés au point de vue philosophique, ils peuvent former une population intéressante et même vertueuse et parfaite ; mais, en pratique, ils constituent une véritable plaie. Un poète américain a versé un pleur sur le sort des Français de l’Acadie, et cependant, que d’admirables résultats leur expulsion a produit ! Si on leur avait permis de rester dans le pays, leurs descendants nous susciteraient probablement aujourd’hui, des embarras à la façon des Hollandais du Cap. Il n’y a pas de descendants et, conséquemment, il n’y a point d’embarras. L’heureuse Australie n’a pas eu de Français à déloger et s’en est parfaitement tirée avec ses noirs. C’est pourquoi elle est prospère, paisible, et en état d’envoyer des troupes bienvenues au Soudan oriental. Il est indubitable que les nobles indigènes et les étrangers intelligents sont un poison partout où on les rencontre dans une colonie anglaise. Mais l’amalgame des deux, sous la forme d'un Métis, devient tout simplement à peu près une peste. Vous l'encouragez et il flane. Si vous ne le pendez pas quand il a mérité la corde, il devient pire encore. Pour vous récompenser du mal extrême que vous vous êtes donné à le protéger, le noble indigène se tient toujours prêt à prêter son concours à une révolte, et en fin de compte, la question de la pendaison se présente de nouveau. Du reste, au Canada cette question s'impose dans le moment."

Peut-il entrer dans la tête d'un homme d'Etat anglais des niaiseries aussi cruelles ? Ce Broome ignore donc ce que nous Canadiens-français avons fait ici, pour et au nom de l'Angleterre ? Il ignore qu'en 1775 nous repoussions Arnold et Montgomery ; que plus tard nous lisions indifférents les proclamations de La Fayette, de Rochambeau qui faisaient appel à nos vieilles sympathies françaises ; qu'en 1812 nous avions gagné la bataille canadienne-française de Chateauguay ; que nous étions à la frontière pour repousser les féniens ; qu'hier nous étions sur les bords du Nil, et dans les plaines de l'ouest américain, le Nord-Ouest.

Dambourgès, le héros de la rue Saint-Paul, de Salaberry le vainqueur de Chateauguay, Rolette le marin heureux des batailles navales des lacs du Haut-Canada, Casault, de Bellefeuille, les soldats de la Crimée, Joly de

Lotbinière, frère de l'ancien premier ministre de la province de Québec, mort aux Indes, Asselin, Ouellet, Moisan, Doucet, le capitaine Oscar Pelletier blessés au Nord-Ouest, et tant d'autres noms passés à la renommée, seraient-ils ostracisés de l'histoire sur la simple parole de ce Broome ?

Non, Dieu merci, nous sommes fiers de notre passé, fiers de nos ancêtres, fiers de notre race. Les turpitudes, les mensonges, de tous les Broome du monde entier ne sauraient nous atteindre. Nous marchons d'un pas ferme et assuré vers l'avenir sans nous préoccuper des cloportes qui peuvent souiller notre sentier.

Tant que nos cœurs battront, tant que notre pensée sera au service de la race canadienne-française, nous l'admirerons, nous l'aimerons, nous la défendrons *per fas et nefas*, et c'est pour elle que nous voudrions mourir.

S'il est une consolation au monde, c'est de lire après les billevésées de sir F. Napier Broome, le beau poëme, où Longfellow pleure Evangeline et l'Acadie ; c'est d'étudier certaines pages que Parkman et Farnham nous consacrent : ou encore de méditer les nobles paroles que vient d'écrire sur nous le *Moniteur* de Paris.

—" N'est-ce pas, en effet, grâce à l'indomptable énergie des Franco-canadiens, " dit-il, " que dans le nord de l'Amérique, s'est perpétuée notre langue, s'est conservé le génie de notre race, que rayonnent des rives du Saint-Laurent aux côtes du Pacifique, l'influence et le prestige de la France canadienne ? "

Les citations que je viens de vous faire vous prouvent que si des écrivains anglais comme ceux du *Times*, des enragés comme Broome, n'ont pas renoncé à l'idée d'absorber la nationalité canadienne-française et croient encore que cette absorption est nécessaire, les hommes d'état de l'Angleterre, instruits par l'expérience, ont entretenu sur ce point des idées bien difrentes.

Elles sont partagées aux Etats-Unis. N'est-ce pas M. Farnham, un quaker et un yankee, qui a publié cette étude dans le *Harper's Magazine*?

Il y parle ainsi de la vie domestique du peuple canadien-français. Elle avait charmé cet écrivain délicat par sa simplicité, son contentement, sa courtoisie. Cette étude remarquable a fait le tour de la presse anglaise.

—Cela, disait-il, forme un agréable contraste avec la vie entreprenante et pratique de notre république inachevée. Cette différence entre nous est due en grande partie à nos progrès respectifs. Le *Pilgrim* était un homme qui, en laissant l'Europe, laissait derrière lui tout le bagage de cette civilisation, et qui débarquait en Amérique en travailleur libre pour fonder une nation qui se suffirait à elle-même; une nation libre et avide de richesses. Le pèlerin puritain a fondé une nouvelle Angleterre. Le colon français a laissé, en somme, l'Europe pour étendre la domination de Rome et de la France; il est débarqué ici, apportant avec lui les idées de l'Eglise catholique, pour fonder une colonie modelée sur la civilisation la plus compliquée et la plus polie de l'ancien monde, et destinée à être pendant longtemps dépendante de la mère-patrie. Il a réussi à fonder une nouvelle France, dans laquelle il n'y avait rien de nouveau. Les idées catholiques l'ont tellement suivi qu'il a toujours continué sa voie, malgré qu'il fût en vue et à portée d'oreille du bruit formidable de notre marche hardie.

" Il a conservé ses anciennes traditions avec une fidélité tellement surprenante, qu'aujourd'hui même, la vieille France se retrouve sur les rives du Saint-Laurent et la Nouvelle-France sur les bords de la Seine. Notre civilisation est à son origine dans une nouvelle naissance, et elle n'a pas encore dépassé la vigueur et l'ardeur de la jeunesse. La vie canadienne a commencé par l'immigration d'une société complète, et elle a conservé le charme de son ancienne existence.

" Après la cession de 1760, la société française était en désarroi. Le patriotisme, le zèle, l'influence conservatrice de l'Eglise catholique ont tenu les Canadiens-français. Ils en ont fait un peuple uni et exclusif jusqu'à ce jour. Le seul changement qui se soit opéré dans la société est la disparition de la noblesse et la suppression de la tenure seigneuriale.

" Dans la paroisse où je suis aujourd'hui, je retrouve les caractères et les mœurs que l'on pouvait étudier il y a deux siècles. Je puis causer avec le seigneur, le curé, les hommes de profession, l'*habitant*, le maître du sol. J'entrevois une civilisation, qui peut, certes, servir de sujet à un tableau du dix-septième siècle.

" Dans la plupart des paroisses que j'ai visitées, et je n'avais guère le prestige de la richesse, j'ai joui des plaisirs de la causerie et de la société la mieux élevée. Les curés, les notaires, les avocats, les médecins, les marchands, leurs femmes, faisaient assaut de bonne manière, des plaisirs de l'esprit. Une chose m'a frappé. Le maître ici, le Canadien, est au-dessus de son intérieur domestique. Ce n'est pas pour lui qu'on refera les lois somptuaires. De nos jours, c'est une grande consolation de voir des gens heureux, comme les Canadiens-français, pleins de santé, d'avenir, vivre sans luxe et dans la plus grande simplicité."

Y a-t-il au monde quelque chose de plus merveilleux que cette race française d'Amérique ?

L'*Evénement* rappelait dernièrement que la Législature de la province de Québec avait voté une loi accordant une concession gratuite de cent acres de terre à tout chef de famille justifiant d'un minimum de douze enfants vivants, et qu'au mois de juin 1890 le nombre des postulants dépassait le chiffre de 720.

Ce résultat a émerveillé les grands journaux des Etats-Unis et leur a inspiré des réflexions très piquantes.

" On peut affirmer aujourd'hui, dit le *Courrier des Etats-Unis*, qu'il existe, dans la seule province de Québec, qui compte environ dix-huit cent mille habitants, près d'un millier de familles comprenant chacune au moins une douzaine d'enfants vivants.

Les Anglais du Canada doivent d'autant mieux comprendre qu'ils n'ont qu'à se résigner de bonne grâce à la supériorité de race des Canadiens-français, qu'ils sont incapables de la leur disputer sur le champ où elle se manifeste.

Le *Herald* recherche curieusement l'explication de la fécondité des Canadiens-français, et il lui assigne diverses causes plus ou moins judicieuses. Les principales, à son avis, sont dans les mariages précoces et dans la simplicité des habitudes domestiques Il n'est pas rare de voir, dans les campagnes, les garçons se marier à dix-neuf ans et les filles à quinze ans, et ils trouvent dans leurs mœurs patriarcales et dans leur religion un frein aux écarts qui font rechercher les satisfactions de la vie en dehors du cercle de la famille.

"Cette fécondité proverbiale remonte d'ailleurs à l'origine même de la colonie Il existe dans les archives du ministère de la marine à Paris et dans celles du gouvernement de la province de Québec, des documents d'où il ressort que les premiers immigrants étaient les dignes parents de leurs descendants actuels. En 1671 il est né près de sept cents enfants dans la colonie, quoique la population n'excédât guère de six mille habitants. Une lettre ministérielle, datée de Saint-Germain-en-Laye, 4 juin 1672, félicitait les Canadiens de la part du roi au sujet de l'augmentation naturelle de la population et exprimait l'espoir qu'ils continueraient à "croître et multiplier" suivant les enseignements de l'Evangile. Des écrivains anglais n'ont pas craint depuis, dans l'esprit de dénigrement que leur a toujours inspiré le développement des Canadiens-français, d'attaquer la moralité de cette immigration primitive. Mais leurs assertions ont été péremptoirement démenties par la preuve que les femmes d'un caractère suspect étaient immédiatement réexpédiées en France sans qu'il leur fût permis de débarquer au Canada.

"Aujourd'hui la malveillance n'a pas diminuée: au contraire; et les détracteurs des Canadiens-français, ne pouvant plus s'en prendre au passé ne manquent pas, à l'occasion, de jeter le discrédit sur les mœurs des populations franco-canadiennes. Les constatations que nous rapportons aujourd'hui répondent victorieusement à ces attaques perfides. Une vie sobre, honnête et réglée fait seule les populations saines, vigoureuses et s'accroissant par leur vitalité propre. En cela, les Canadiens-français l'emportent dans des proportions énormes sur les Canadiens d'origine anglo-saxonne, et il n'y a pas de danger qu'ils soient jamais éclipsés par eux."

Au sénat américain, au cours d'un débat très intéressant sur le bill du tarif, M. Blair, sénateur du New-Hampshire, disait en parlant des nôtres :

" Les Canadiens-français forment un des éléments les plus sains et les plus actifs de notre population. Ils sont appelés à rendre de grands services à la république américaine; toutes leurs tendances et leurs aspirations sont vers nous ; le fait qu'ils sont catholiques ne nuit en rien à leur utilité comme citoyens. Au contraire ils s'assimilent facilement nos institutions et nos coutumes, tout en restant fidèles aux principes de leur foi."

De pareils témoignages sont précieux, surtout quand ils viennent se poser comme antithèse à ceux de M. Goldwin Smith Cet ancien professeur d'histoire à l'Université de Toronto, disait à son tour des choses qui nous frappaient en pleine poitrine. Cette diatribe, il n'a cessé de la répéter contre nous depuis qu'il est l'hôte du Canada Mais ce qui nous faisait le plus de peine, c'était le dédain, mêlé d'antipathie, que l'auteur manifestait pour la race latine en général, et pour la race française en particulier : principalement pour ses tenaces rejetons sur la terre d'Amérique. Dans ces lignes si hautaines, toujours si doctorales, il semblait que nous formions disparates ; que le regard britannique de l'auteur éprouvait une sensation désagréable en constatant notre présence ; que nous dérangions à ses yeux l'harmonie offerte par la population anglo-saxonne.

Cette monomanie, très peu éclectique, date déjà de loin. En 1862, lors de l'affaire du *Trent*, au moment où toute la population canadienne-française s'armait pour défendre la souveraineté de l'empire anglais menacé, M. Goldwin Smith choisissait cette heure pour écrire les lignes suivantes :

—Au Canada, la présence de l'Angleterre conserve une vie artificielle à l'élément Canadien-français, cette relique antédiluvienne de l'ancien régime, qui en a retenu toute l'inertie, toute la bigoterie, sans être littéralement d'aucune valeur pour le but que se propose la civilisation moderne."

Ces paroles provoquèrent une protestation dans la presse anglaise. En les commentant, le *Times* de Londres, que personne n'accusera de partialité à notre égard, disait :

" Voilà de quelles manières on veut récompenser l'attachement sincère que cette partie de la population du Canada a porté continuellement au gouvernement anglais."

Le *Chronicle*, de Québec, protesta dans des lignes très émues.

Le *Leader*, de Toronto, à son tour, répondait à M. Goldwin Smith :

—Le catholicisme dans le Bas-Canada, est d'un genre tout différent Si tous les peuples étaient aussi peu entachés de bigoterie que ne le sont les Canadiens-français, l'énorme quantité de fanatisme religieux qui existe dans le monde serait considérablement diminué. Cet état ne prend pas sa source dans l'indifférence en matières religieuses ; car il n'y a guère de nation plus portée à la véritable dévotion que ne l'est le Canadien-français."

Voilà ce qu'ennemis et amis écrivaient de nous, il y a trente ans.

Depuis lors, la note a changé pour nos détracteurs.

Le Canadien-français, relique *antédiluvienne de l'ancien régime*, a continué à mener cette *vie artificielle* dénoncée au monde par l'illustre professeur d'histoire moderne. Ce modeste peuple s'est complu dans son autonomie. Il lui a donné tous les développements possibles, à la grande surprise de M. Goldwin Smith.

Seul, M. Smith a changé.

En 1864, il prenait vis-à-vis de nous le ton rogue, impératif. En 1872 il n'avait plus cette pitié dédaigneuse, cette confiance sans borne dans notre disparition prochaine, inévitable. Il est vrai qu'une chose le taquinait : l'étonnement de nous voir bien portants, robustes, après tant d'épitaphes aussi peu flatteuses que prématurées. Cette nouvelle sensation était accompagnée, chez lui, d'une mauvaise humeur bien naturelle. On dirait même qu'il s'y mêlait une dose d'anxiété.

A ce sujet, M. Golwin Smith faisait part de ses craintes aux lecteurs du *Bystander*, revue qu'il dirigeait, à Toronto.

Nous empruntons la traduction de son article à M. Tardivel, de la *Vérité*.

" La *Gazette* de Montréal, parlant de la défaite de M. Nelson, comme candidat à la mairie, dit que dorénavant tout homme qui aspire aux honneurs civiques devra écrire au-dessus de sa porte : *Ici on parle le français.* " Pas si mal, s'écrie le *Monde*. C'est la vérité dite en riant, du moins nous l'espérons." Cet espoir paraît devoir se réaliser, et la perspective de sa réalisation constitue un caractère très-grave de la situation politique. Le sentiment français, au lieu de disparaître, devient plus intense. Aussi longtemps que la province de Québec n'était qu'un caillou détaché de la vieille France, sans relations avec la France moderne, la disparition du sentiment qui unissait le Bas-Canada à la France, sentiment tenace mais inactif, plutôt que vigoureux, et que la mère-patrie ne faisait rien pour entretenir, n'était qu'une question de temps.

“ La dissolution de ce lien devait nécessairement arriver, et arriver probablement tout à coup, comme est arrivée la dissolution de la nationalité gaélique dans les Highlands de l'Ecosse, ou celle de la nationalité galloise qui disparait rapidement du pays de Galles. Mais aujourd'hui le lien commercial, littéraire et social avec la France, a été renouvelé, et il est certain que ce sera désormais l'ambition de la France de fortifier ce lien. L'Algérie n'est qu'une garnison. Québec est la seule colonie que la France possède......Une Nouvelle-France renouvelée dépassera nos pouvoirs d'absorption. On aurait probablement facilité la fusion par l'Union législative, et il y en a qui croient que si cette mesure décisive avait été adoptée, toute résistance auraient été vaincue ; mais c'eût été incontestablement une mesure téméraire, surtout à cause de l'incertitude ou l'on était, relativement aux sentiments de la Nouvelle-Ecosse. Le temps, toutefois, est maintenant passé ; et bien qu'il puisse y avoir deux nationalités canadiennes, l'une française, l'autre anglaise, il paraît y avoir moins de raisons que jamais d'espérer de les voir se fusionner. La cession de Québec aura un singulier épilogue......... Autrefois, le Romain faisait ce qu'il voulait du pays conquis : aujourd'hui les vaincus font ce qu'ils veulent du Romain."

Ainsi, de l'aveu de M. Goldwin Smith, nous débordons sur l'élément britannique.

En latin peu respectueux, nous prenons acte de cette déclaration. Elle est de notre goût, autant qu'elle peut être désagréable au *By-stander*. Nous comprenons de plus que notre développement inattendu, que la perspective de notre prééminence le scandalise, en déroutant complètement ses principes. Mais nous qui n'avons pas été élevés à Oxford, nous ne voyons pas pourquoi le conflit devrait être nécessairement toujours à notre préjudice ; pourquoi nous n'aurions pas tout aussi bien que la race que M. Goldwin Smith croit personnifier, le droit de multiplier, et de nous affirmer sur ce continent ? Lui-même, s'il était désintéressé dans la question, ne penserait-il pas de la même manière ? Malheureusement, par rapport à nous, il se croit fils de conquérant, héritier de leurs privilèges. La perspective de l'égalité avec nous lui paraît une déchéance, une désolation. De là ces réminiscences classiques ; cette évocation de Rome et de l'empire romain, si familière à certaines plumes britanniques, et qui,—nous devons le dire en toute assurance à M. Smith,— sont aujourd'hui bien vieillies, bien démodées.

Ainsi, la plénitude politique dont jouissent les Canadiens-français l'inquiètent. Il oublie que cette liberté nous l'avons loyalement gagnée ; que ceux qui se sont le plus opposés à son extension, en rougissent encore aujourd'hui.

Ce que nous avons fait jadis, d'autres le font maintenant.

Chose étrange ! Ceux-là trouvent grâce aux yeux de M. Goldwin Smith.

Les Boërs, qui luttaient à bras le corps pour leur indépendance, avaient ses chaudes sympathies. D'une main, M. Smith leur donnait dans l'avenir, ce qu'il retirait au passé des Canadiens-français. Les vaillants Boërs qui, après tout, n'ont fait que répéter l'histoire de tous les exilés, de tous les déshérités, avaient à ses yeux un prestige que nous ne pouvons avoir.

Qui le croira ?

M. Goldwin Smith déplorait alors notre esprit de cohésion. Il reconnaissait que la Nouvelle-France régénérée par nos efforts, par la reprise de ses relations commerciales et littéraires avec la mère-patrie, dépassait maintenant les pouvoirs de l'absorption britannique.

Seize pages plus loin, dans le même fascicule de la même revue, le même écrivain louait les Boërs, les encourageait à devenir autonomes, et assurait qu'ils avaient pris les armes pour la cause de leur indépendance, amour qui les avait conduits jusqu'au désert ! *These people took up arms in defence of their independance, the love of which had led them out into the wilderness.*

Pourquoi tenir ainsi deux poids et deux mesures ?

Pour l'école de M. Goldwin Smith, la raison est simple.

S'agit-il d'un Anglo-saxon, ou, comme dans ce cas, d'un rejeton quelconque de la grande race teutonique, vite M. Smith fulmine contre les tyrans, les soldats, la police, le pouvoir. Aucune institution ne lui parait alors assez libérale. Il lui faut une démocratie coulant à plein bord.

Quel changement chez ce classique britannico-romain, quelle volte-face chez ce sectateur de Janus, quand c'est nous, pauvres welches, pauvres gaulois, qui comparaissons devant son tribunal ! Le libéral s'évanouit. A la place de l'apôtre, nous trouvons le centurion, glaive en main, casque en tête. Sa mission n'est plus de propager la doctrine humanitaire dans le monde. Il est héritier de conquérants, de guerriers illustres. Il ne se sent plus fait que pour gouverner.

—*In regere imperio populos Romane memento.*

Aux yeux de l'ancien professeur d'histoire moderne, aux yeux de ses élèves, de ses disciples, nous sommes des vassaux de deuxième, de troisième catégorie, tels que l'étaient autrefois les sujets de la terre ferme pour la Sérénissime République de Vénise.

Pourtant, et nous croyons que cette citation classique plaira à ceux qui suivent l'école de l'ancien professeur—les temps des *ordinarii* intendants—des *vulgares* — domestiques — des *mediastini* — propre-à-tout — des *quales-quales* — pas grandchose—sont passés. Qui sommes-nous donc pour entrer en pareille concurrence ? Ceux qui croient à la propagande que fait M. Goldwin Smith, ceux qui se disent nos conquérants, nos maîtres, nous ont-ils conquis ? Nous ont-ils subjugués ? Nous ont-ils soumis au "*bondage*," comme les Anglais le furent pendant quatre cents ans, après Guillaume le Bâtard ?

Non.

Nous avons été *cédés*, et, comme Atticius Capitus le disait fièrement à Tibère, nous pouvons, après 128 ans de vie commune avec nos cessionnaires, leur dire :

—" Tu n'as pas le droit de nous imposer ta langue."

—" *Tu enim civitatem dare potes hominibus, verbis non potes.*"

Les anachronismes de cette école de M Goldwin Smith, nous l'avouons, sont inoffensifs, et nous avons peut-être tort de priver ses disciples de la satisfaction platonique qu'ils peuvent y trouver. Cependant, pour en finir avec des débats parfois irritants et chatouilleux pour certain amour propre, il serait bon, croyons-nous, que ce descendant d'Abercrombie, de Bourgoyne, de lord Cornwallis, se rendit bien compte de la situation parmi nous, et qu'il se décidât à distinguer l'idée de *cession* de celle de *conquête*.

Il y a conquête quand une bataille, comme celle de Hastings—simple exemple—met tout un peuple à la merci de 60,000 soldats ; que toutes ses lois, ses traditions s'évanouissent ; qu'elles meurent devant la force victorieuse. Il y a conquête, répétons-nous, lorsqu'une nation est exilée, expropriée de son propre sol, comme le fut la nation anglaise sous Guillaume le Conquérant et ses successeurs, pendant 400 ans. Oui, pendant ces quatre siècles, la race anglo-saxonne put méditer douloureusement sur le *vae victis* de Brennus, cet ancêtre des soudards et des aventuriers français qui s'installaient en maîtres dans toutes les baronnies anglaises.

Voilà la conquête telle que le Romain, le Franc, le Normand l'ont pratiquée autrefois ; telle que certains peuples l'ont essayée avec plus ou moins de succès dans l'époque moderne; telle que la rêve et la comprend M. Goldwin Smith et ceux qui sont de l'école de M. Martin du Manitoba et de M. Dalton McCarthy.

Il y a cession quand, à la suite de luttes prodigieuses, de succès douteux ou chèrement achetés, parfois d'arrangements dynastiques, la souveraineté d'un pays devient l'objet d'une transaction entre deux puissances, et qu'un gouvernement étranger s'y installe suivant certaines clauses et stipulations.

Tel fut le sort du Canada en 1763. La Monongahéla, Fort Bull, Carillon, Sainte-Foye, victoires françaises, atténuèrent les capitulations de

Québec et de Montréal. Elles en adoucirent les termes et s'imposèrent à la lettre du traité de Paris, conclu le 10 février 1763, entre les rois de France et de la Grande-Bretagne.

Le treizième article de ce traité dit :

—" La France *cède* à l'Angleterre le Canada et ses dépendances, telles que les îles du Cap Breton et de Saint-Jean, et les autres îles et côtes situées dans le golfe et le fleuve Saint-Laurent, avec tous les droits que le Roy Très-Chrétien avait possédés et exercés dans ces pays."

Voilà pour la *Cession.*

—" De l'autre côté, Sa Majesté Britannique confirme et assure aux habitants du Canada, l'usage et le libre exercice du culte catholique."

Voilà pour la *Religion.*

En vertu de la 14e George III, les lois françaises sont garanties à la population du Bas-Canada.

Le premier acte législatif passé en 1785, fut l'ordonnance " qui règle les formes de procédure dans les cours civiles de judicature."

On y lit :

—" Sur l'ordre du juge le demandeur obtiendra du greffier de la cour un ordre de sommation ou d'assignation *dans la langue* du défendeur."

Quatre-vingt-deux ans plus tard, ceux qui firent la confédération canadienne, stipulèrent dans la nouvelle constitution, article 133 :

—" Dans les Chambres *du parlement du Canada et les Chambres de la législature de Québec, l'usage de la langue française* ou de la langue anglaise, dans les débats, sera facultatif ; mais dans la rédaction des archives, procès-verbaux et journaux respectifs de ces chambres, l'usage de ces deux langues *sera obligatoire* ; et dans toute plaidoirie ou pièce de procédure par-devant les tribunaux ou émanant des tribunaux du Canada, qui seront établis sous l'autorité du présent acte, et par devant tous les tribunaux, ou émanant des tribunaux de Québec, il pourra être fait également usage, à faculté, de l'une ou de l'autre de ces langues."

Moi-même rapporteur du bureau auquel la Législature de la province de Québec avait donné mission d'examiner les amendements qui devaient être faits aux règles et procédures de la Chambre, n'ai-je pas fait le rapport suivant, le 9 mai 1885 ? Il se lit comme suit dans les journaux et procédures de la Chambre.

—" M. Faucher de Saint-Maurice fait rapport que le comité a adopté le projet des règles et règlements sans amendements.

"*Ordonné*, que le rapport soit reçu maintenant.

" M. Faucher de Saint-Maurice rapporte en conséquence, les règles et règlements lesquels sont lus.

" Etant lus une deuxième fois, il est résolu.

—"Que cette Chambre concoure avec le comité dans les règles et règlements qu'il a adoptés et rapportés et que ces règles et règlements soient à compter de ce jour Ordres Permanents pour la direction des affaires de cette Chambre, *et ces règles et règlements ayant été adoptés sur le texte français, en cas de divergence dans les deux textes que le texte français prévale.*

Voilà pour *La Langue!*

Religion, Langue, fierté du passé, trilogie qui est le secret de la vitalité de cette race canadienne-française, qui en étonnera bien d'autres que ceux qui l'attaquent.

Dernièrement un homme d'Etat anglais, sir Charles Dilkes, parlait ainsi de nous dans son ouvrage " *Greater Britain* " :

" Lorsque les 60,000 colons français du Canada devinrent, en 1763, définitivement sujets britanniques, les Anglais, malgré le serment de respecter leurs coutumes, comptaient bien les assimiler. Nous eûmes à Québec la même conduite qu'au Cap, et avec le même résultat. Après avoir provoqué l'insurrection, nous dûmes renoncer à nos projets et tenir nos engagements. A une époque, nous imposâmes aux Français nos lois, notre language et, jusqu'à un certain point, notre religion. Eux, ils résistèrent paisiblement d'abord, puis les armes à la main, comme les Hollandais du Cap résistèrent en armes au début, ensuite pacifiquement ; et dans les deux cas la résistance l'emporta ; Québec est aujourd'hui aussi français que Stellenbosch est hollandais.

" Bien mieux, les Canadiens-français ont absorbé les Highlanders, leurs voisins. Entre le Saguenay et Québec, dans le district de Charlevoix, il y a sur la rive gauche du Saint-Laurent la seigneurie de Murray, qui avait été donnée à l'un des officiers de Wolfe et peuplée par ses soldats ; les noms écossais y abondent, mais ceux qui les portent ne peuvent plus parler ni l'anglais, ni même le gaélique.

" La rebellion de Papineau, en 1837, valut au Canada le *Home rule* et la constitution de 1841, qui, si elle n'accordait en fait que peu de chose aux Français, leur donnait du moins les moyens d'acquérir toutes les libertés qu'ils réclamaient De Tocqueville, lors de son voyage, avait constaté l'extrême animosité des Canadiens-français ; les concessions faites par le Parlement de Londres au Canada suffirent pour pacifier le pays.

" 60,000 au moment de la cession, les Français sont aujourd'hui 1,400,000 au Canada et 700,000 aux Etats-Unis. A l'époque de mon premier voyage sur le continent américain en 1866, il y avait certaines parties des districts du Bas-Canada où la population était en majorité de langue anglaise ; aujourd'hui, les Français y sont trois contre deux. Les Français croissent en nombre et s'étendent géographiquement ; au delà de la frontière, ils sont assez forts dans le Maine pour avoir réussi à introduire quelques-uns des leurs dans la législature de l'Etat.

“ Les Fran-cocanadiens ont conservé certaines attaches avec leur mère-patrie du passé ; mais c'est bien plus un lien de sentiment que de sympathie ; car les habitants de Québec sont catholiques et il y a dans les idées de la France moderne bien des points qui répugnent à la majorité d'entre eux.

“ Maintenant grâce à la facilité des communications, quelques Canadiens prêtres ou laïques, pas en grand nombre, vont dans les séminaires ou les écoles de France ; les jeunes hommes de la province de Québec ont adopté pour leur drapeau les trois couleurs de la France, et l'on a un autre curieux exemple des sentiments français dans la fréquence du prénom de Napoléon dans quelques parties du pays. Comme conséquence de la communauté du langage, qui conduit à l'étude des lois françaises, on trouve au Canada une certaine adoption artificielle des institutions publiques de la France A un point de vue, les Franco-canadiens ont conservé une étroite et admirable ressemblance avec la classe des paysans français ; leur frugalité est remarquable, si bien qu'à Montréal, où Anglais et Français ne s'adonnent pas sans raison à l'admiration mutuelle, on entend de tous côtés témoigner des habitudes industrieuses, sages et économes des Français.

“ Le langage des *habitans*, comme s'écrit souvent le mot avec l'orthographe du passé ou bien de l'avenir, s'est mélangé quelque peu de locutions britanniques. Le cardinal Taschereau a le parler majestueux du grand siècle, et malgré l'archaïsme du style, sa conversation doit être un régal pour un puriste de vieille roche. Mais aujourd'hui les tendances sont à l'épuration ; peu à peu la partie instruite de la population remplace les idiotismes purement locaux par les tournures plus scientifiques du français moderne.

“ La constitution [*British North America Act*] stipule l'usage de l'une ou l'autre des langues pour les débats dans les Chambres fédérales, l'emploi des deux pour les publications et pour les lois tant du Parlement du Dominion que de la Législature de Québec. La même liberté a également existé jusqu'à ce jour dans les Chambres du Manitoba et du Nord-Ouest. On s'agite toutefois pour bannir le français officiel de ces provinces du Dominion. Nous sommes loin du temps où, les deux Canadas s'étant unis sous un même Parlement, on avait proscrit le français ; on travaillait alors à dénationaliser les Franco-canadiens ; mais, en 1848, cette interdiction fut levée, et la politique de contrainte est depuis cette époque tombée dans l'oubli. Actuellement, les Français ne conquièrent pas seulement l'élément britannique peu important du Bas-Canada ; ils émigrent dans l'Ontario ainsi qu'aux Etats-Unis, et il y a un courant de Français qui, en dépit de leur amour pour la province natale, se dirigent vers l'ouest le long de la grande ligne du *Canadian Pacific Railway*. Québec souffre un peu de cette émigration ; mais Ontario y gagne.

“ La meilleure preuve de l'afflux des Français dans l'Ontario nous est fournie par l'établissement des écoles françaises nouvelles ; on en compte 60 dans deux comtés entre Montréal et Ottawa, dont les premiers colons furent des loyalistes chassés de la Nouvelle-Angleterre et de New-York par la guerre de la révolution. L'immigration française commença dans cette région, il y a environ quarante ans ; les nouveaux venus prirent d'abord les terres basses inoccupées ; ils repoussent aujourd'hui de plus en plus les fermiers anglais des terres hautes, parmi lesquels beaucoup ont déjà vendu leurs biens pour aller au Manitoba. Mais dans l'Ontario, les Français s'anglicisent beaucoup plus par le contact de nombreux Anglais. On n'aurait jamais obtenu ce changement avec un système autre que celui qui a prévalu ; car on leur enlève une partie de leur force de résistance, parce que le patriotisme de race n'entre dès lors pas en action.

“ De même, dans la Nouvelle-Angleterre, les Canadiens-français remplacent les citoyens des Etats-Unis qui quittent le pays pour aller au Montana ou dans le Dakota Dans les Etats de cette région, 350,000 Canadiens-français, la moitié de tous ceux de la république, occupent une situation remarquée au milieu d'une population absolument différente par la race, la religion, le langage et la manière de vivre. Ils gagnent leur existence comme fermiers, charpentiers, ouvriers dans les filatures de laine ou de coton ; ils vivent beaucoup entre eux, se solidarisent rarement avec d'autres dans les grèves et conservent leurs qualités de soumission, de frugalité et de facile instruction dans l'usage des machines et des procédés manufacturiers ; ils ne manifestent aucune disposition à s'américaniser ; jusqu'à ces derniers temps ils ne cherchaient pas à apprendre la langue du pays, ni même à la comprendre. Il y a des manufactures de la Nouvelle-Angleterre où travaillent depuis quinze à vingt ans des Canadiens qui ne parlent pas un mot d'anglais. Ce n'est que depuis peu que les lois scolaires américaines ont entrepris de vaincre cette résistance ; elles ont à conquérir une vie de famille française moins complète que celle qui existait dans le Bas-Canada, où nous n'avons pas pu fusionner les races lorsque la tentative en a été faite. Quoi qu'il soit, à l'heure présente, les Canadiens-français forment encore dans la Nouvelle-Angleterre une communauté très distincte ; on peut voir par le contenu de leurs journaux dans cette région que les lecteurs ne portent guère leur attention sur ce qui n'est pas canadien et s'intéressent bien plus à tout ce qui touche la France ou l'Eglise qu'à ce qui regarde les Etats-Unis.

“ Ce désir des Bas-Canadiens de conserver la nationalité française, qui les a conservés de notre côté durant les guerres américaines, maintiendra toujours la province de Québec beaucoup plus britannique que yankee dans ses sympathies. Les Canadiens veulent bien aller faire fortune aux Etats-Unis, mais à la condition de pouvoir, un jour, revenir au Canada ; ils sont persuadés que, s'ils venaient à être absorbés par le grand voisin, ils ne pourraient plus jouir des mêmes garanties pour leur caractère national, qui leur sont données par l'acte constitutionnel de 1867 "

Voulez-vous une autre opinion ?

Celle-ci nous est donnée par un écrivain louisiannais des plus distingués, M. François Tujaque. Lui, nous met en termes clairs, précis en garde contre l'annexion, contre l'élement envahisseur.

Ecoutez le : réfléchissez.

" C'est toujours d'une plume alerte, et souvent avec éloquence, que les journalistes franco-canadiens traitent de leur avenir ; intéressant sujet que les circonstances, de temps à autre, ramènent à l'ordre du jour de la presse ; et nous tous, modestes soldats de la cause qu'il défendent si bien, nous ne trouvons, pour répondre à leurs excellents plaidoyers, que des applaudissements. Mais l'enthousiasme se défend mal des illusions ; et ceux d'entre nous qu'une amère expérience a rendus sceptiques ne partagent pas toujours, à un degré absolu, les prévisions, les espérances de nos frères du Canada.

“ La langue française est-elle distinée à se perpétuer sur le sol canadien, et plus particulièrement dans la province de Québec ? Voilà la question, toujours brûlante, qu'il s'agit, non de résoudre—la solution en échappe à notre compétence—mais d'étudier, en s'appuyant sur des faits connus, qui revêtent le caractère de sérieux arguments. Or, si nous tenons compte des leçons du passé, il semble évident que notre langue ne pourra se maintenir dans le Canada français, comme idiome usuel, qu'à une condition : c'est que ce pays évite l'annexion à l'Union américaine.

“ Cette opinion, souvent exprimée dans ces mêmes colonnes, manqne sans doute d'actualité. Peut-être, en y revenant, s'expose-t-on à des redites. Malgré cet inconvénient, néanmoins, en présence de certaines éventualités que déjà l'on voit poindre à l'horizon, il doit nous être permis, à nous, Français des bords du Mississipi, de remonter sur la brèche et de crier de nouveau, à nos congénères des rives du Saint-Laurent : Sentinelles, veillez !

“ Il est bien vrai, qu'avec leurs deux millions d'âmes, les Franco-Canadiens opposeraient à l'influence anglo-saxonne une résistance plus longue, sinon plus heureuse, que les créoles de la Louisiane, qui ne sont guère plus de deux à trois cent mille. La partie, évidemment, n'est pas égale. Mais se figurer, qu'avec son vaillant petit peuple, si énergique qu'il soit, le Canada français résisterait éternellement à soixante-quatre millions d'adversaires qu'il trouvera dans l'annexion, et qui deviendront, par la suite, soixante-quinze ou cent millions—admettre cette hypothèse, dis-je—serait nourrir une illusion qui aurait les plus déplorables conséquences.

“ Non que les Américains déteste la langue française. Dans leurs sphères supérieures, elle compte, peut-être, plus d'admirateurs que parmi nos descendants de la génération qui grandit actuellement aux Etats-Unis.

“ Mais si bon nombre d'Américains à haute culture intellectuelle aiment à lire dans le silence et l'intime de leur cabinet nos livres les plus populaires, tous n'en bannissent pas moins notre idiome parlé du commerce, de la politique, de toutes leurs relations extérieures, en un mot. Et non-seulement, ils n'en font aucun usage, mais ils exigent des étrangers, ayant avec eux des rapports, qu'ils suivent leur exemple, c'est-à-dire qu'ils se servent de la langue officielle du pays. A tous ils demandent (chose assez naturelle, d'ailleurs) qu'en retour d'une large hospitalité, ils s'identifient avec les populations, aussi bien par le langage que par les intérêts.

“ Le Canada-français annexé, et par ce fait, devenu une simple unité dans la pléïade des grands Etats de l'Union américaine, conserverait-il son autonomie morale ? Pourrait-il vivre en marge de la vie nationale, rester cantonné dans ses mœurs traditionnelles, se soustraire, en un mot, au mouvement général ? Qui oserait l'espérer ?

“ Si nos voix amies pouvaient se faire entendre, nous dirions à nos chers Canadiens : Ou vous obtiendrez de vos nouveaux maîtres l'abstention de toute ingérence dans vos affaires (ce qui serait obsolument impossible) ou les destinées de votre bien-aimée province ne seraient bientôt plus en vos mains, pas plus que le sort de la Louisiane n'est resté au pouvoir des Créoles.

“ Dans tous vos rapports avec le gouvernement fédéral, c'est, tout d'abord, l'anglais qui vous serait imposé. Le français, d'ailleurs, sous la tourbe de politiciens faméliques et sans emploi, qui guettent pour vous envahir, l'heure de l'annexion ; sous cette influence délétère et hostile, dis-je, le français ne tardera pas, non plus à disparaître et des débats de votre législature et des délibérations de vos autorités municipales et des plaidoyers de vos avocats et des sentences de vos juges et de tous les actes civils, et enfin, comme coup de grâce, de l'enseignement gratuit : et ce jour néfaste, qui suivrait de près votre entrée dans la glorieuse Union, la langue vénérée de vos pères verrait commencer, parmi vous, son mouvement de décadence et de disparition !

“ Mais au moins, répliquerez-vous, nous la conserverons dans nos familles sous notre toit.” En êtes-vous bien sûrs ? Appelons en témoignage tout français élevant ses enfants sous la bannière étoilée, dans les milieux complètement soumis à cette prodigieuse puissance d'absorption de la race anglo-saxonne. Nous sera-t-il permis de citer notre propre exemple ? Dans nos foyers, sur cette terre jadis française de la Louisiane, nos filles, dans une certaine mesure, restent fidèles à la langue de leurs mères ; mais nos fils nous échappent ; ils s'insurgent contre l'autorité paternelle, sous prétexte que notre grammaire est trop compliquée.

“ Ce doux parler de leurs ancêtres, ils ne le considèrent plus que comme un idiome étranger, qui a son charme, sans doute, dont l'utilité, en ce pays, est incontestable, et qu'il faut négliger, au profit de l'anglais, dans les classes laborieuses qui manquent de loisir pour apprendre deux langues.

“ Telle est la théorie saugrenue de la majorité de nos fils, et surtout de nos petits-fils. Les vôtres seraient-ils plus raisonnables, moins récalcitrants ?...Le doute serait assez dans la logique...Ne vous récriez pas ; car c'est l'exemple même des descendants des Acadiens et des Canadiens, jadis émigrés en Louisiane, que nous vous citons. Il est des exceptions, comme on le pense bien, mais trop rares pour remédier au mal.

“ Vous-mêmes (mais ici, sûrement, l'on prendra notre crainte pour un blasphème) vous-mêmes, ou bon nombre d'entre vous, ou du moins ceux qui, dans la suite des générations, viendront prendre au coin du feu votre place, se tiendront ce fâcheux raisonnement : “ Sous la domination nouvelle, nos enfants, sans le secours de l'anglais, ne peuvent arriver à rien, ni dans le haut commerce, ni dans la grande politique nationale, ni dans les fonctions grassement rétribuées. Nous ne pouvons pourtant faire de nos fils des parias, ou tout au moins, des étrangers dans leurs propres foyers. Nous ne pouvons leur fermer les avenues de la fortune et les reléguer, par nos idées d'une autre époque, dans la sphère des infériorités sociales. A notre profond regret, c'est donc l'anglais qu'il faut d'abord leur faire apprendre. Et pris au mot par leur progéniture, celle-ci ne voudra plus charger d'aucune autre langue le bagage de ses études. Cela se passe sous nos yeux.

" Nos amis du Canada répondront que sous la domination anglaise, ils ont, pendant cent vingt-sept ans, maintenu intactes leur langue, leurs mœurs, leur religion ; et que leur indomptable énergie sera de taille à les faire respecter par leurs nouveaux maîtres. Hélas ! la situation aura bien changé ! Sous le régime anglais, nos congénères représentent, dans la population totale du Canada, au moins un tiers, peut-être davantage ; et leurs qualités personnelles suppléent au léger déficit de leurs forces numériques. Avec la suprématie américaine, les Canadiens-Français ne seraient plus qu'une quantité infinitésimale, moins d'un trentième, dans les masses profondes de leurs nouveaux compatriotes !.....Sentiraient-ils donc le besoin, eux qui trouvent déjà trop nombreux leurs ennemis, de les voir se multiplier dans des proportions gigantesques ?

" Comme argument en faveur de l'annexion, on cite l'émigration d'un nombre considérable de Canadiens-Français dans les Etats américains de la Nouvelle-Angleterre. Au dire de quelques journaux, ces émigrés conservent dans leur patrie d'adoption leurs mœurs et leur langue ; selon d'autres feuilles, qui se disent mieux renseignées, nos rejetons se transformeraient graduellement. Sans mettre en doute l'exactitude de ces assertions, tant soit peu discordantes, un fait reste acquis. C'est qu'aucune nationalité, à la longue, ne résiste à l'action dissolvante du grand creuset américain. De ce qu'un séjour aux Etats-Unis ne modifierait pas sensiblement la personnalité morale des Français-Canadiens, il serait inexact de conclure que l'influence anglo-saxonne reste sans effet sur leurs descendants. Raisonner ainsi, serait ne se préoccuper que de la génération actuelle, mesurer la vie d'un peuple à celle d'un homme et supposer que notre race n'a pas d'avenir."

Et maintenant que pourrions-nous ajouter ?

Nous sommes prévenues. Sentinelles veillons.

Un journal, l'*Evénement*, se posait dernièrement ces questions :

" La minorité anglaise dans la province de Québec est-elle maltraitée ?

" A-t-elle lieu de se plaindre de l'action de nos gouvernants ?

" Il a déjà été répondu à ces diverses questions, disait cet écrivain, mais comme en dépit de tous nos bons procédés, une école de fanatiques n'en persiste pas moins à se battre sur notre dos, nous lui opposerons cet autre témoignage d'un grand journal de Toronto, celui du *Globe*.

—" Ceux qui doutent que la population de la province de Québec, en dépit des divagations de quelques-uns de ses journaux, est généralement exempte d'intolérance religieuse, devraient étudier la manière dont la minorité protestante est traitée en ce qui concerne l'éducation. Les 200,000 protestants de la province ont 916 écoles élémentaires soutenues par le gouvernement et sous le contrôle du comité protestant du Conseil de l'Instruction publique.

" En outre, il y a une subvention annuelle aux *High Schools*, écoles modèles, académies et collèges protestants, qui s'élève à au-delà de $2,000 par année, et huit inspecteurs protestants nommés par le comité, sont payés par le gouvernement. De fait, les protestants de la province reçoivent beaucoup plus que leur part des deniers affectés à l'instruction publique si l'on prend leur nombre comme point de comparaison

" On dira peut-être qu'en général chacun d'eux est contribuable pour un montant plus considérable que la somme payée ordinairement par ceux qui font partie de la majorité catholique, et qu'en conséquence ils ont droit a plus que leur part proportionnelle ; mais ceci ne change rien au fait que l'affaire est entre les mains de la majorité, qui—si elle l'eut voulu—aurait pu traiter ses compatriotes de langue anglaise d'une façon beaucoup moins libérale."

Dans une série d'articles fort bien faits sur la langue française, M. Joseph Tassé, de la

Société Royale du Canada, ne faisait-il pas cette singulière observation ?

—" Trois Etats des Etats-Unis seulement ont décrété dans leur constitution que la langue anglaise serait enseignée dans les écoles ; quatre Etats seulement ont statué que les lois, les régistres publics et les procédures législatives et judiciaires seraient publiés et conservés dans la langue anglaise."

Chaque peuple conserve son affection de langage et de nationalité, à dit l'historien italien Cantu.

En Louisiane on a voulu tuer la langue française.

Elle est encore vivace et parlée avec un charme ravissant par les créoles. En Italie on a proscrit les classes de français dans les colléges, et les journaux qui paraissaient en français devaient l'être en italien à partir du 1er janvier.

On parle français généralement en Italie.

En Allemagne on s'est décidé de supprimer la langue française dans toutes les écoles de la Lorraine. On parle le français en Alsace et en Lorraine.

En retour, la Russie a voulu innover.

La dernière circulaire de l'administration des postes et télégraphes russes prescrit que toutes les adresses de lettres, colis et télégrammes à *destination de l'étranger* doivent être exclusivement libellées en français, et avise le public qu'elle ne répond d'aucune expédition formulée dans une autre langue. Et puisque nous causons de ces choses, citons ce fait.

Le *Courrier des États-Unis*, du 31 août 1890 parlant de la réception de l'empereur d'Allemagne par le tzar de Russie disait :

" Les souhaits de bienvenue ont été adressés en français, bien que Vladimir parle l'allemand aussi bien que Guillaume.

" S'approchant d'un groupe d'officiers de la garde impériale russe, de la suite de l'empereur Alexandre, Guillaume de Prusse voulut leur faire un salut en russe ; mais ce salut est celui qu'on adresse simplement aux soldats et veut dire à peu près :

—" Bonjour mes enfants.

" Or ce salut à un officier est une impolitesse.

" Le grand duc héritier, répondit vivement :

—" Parlez leur français, Majesté, ces officiers n'ont pas compris ce que vous leur disiez."

Dans les îles de la Manche,—Jersey et Guernesey—on a dernièrement refusé une pétition adressée aux Etats généraux parcequ'elle n'était pas rédigée en français.

Allons plus loin.

Dans un voyage fait à Lahore, dans les Indes, en 1831, le voyageur anglais, Alexandre Burns, constate ce fait dans un journal :

—Je fus invité à assister à une grande revue de cinq régiments d'infanterie régulière, que Rendizet-Sing, me pria d'inspecter. Les soldats étaient vêtus de blanc avec des beaudriers noirs. Ils étaient commandés par le général Allard. *Tous les commadements se faisaient en français.*

Maintenant revenons en Amérique, et lisons ce qui suit dans le *Gaulois* de Los Angelos, Californie :

—" Si jamais vous abordez la question des " langues " avec un Américain, disons plutôt une jolie miss américaine, elle vous assure, avec une conviction sincère, que dans quelques années l'anglais sera la langue, la seule et unique langue du monde entier.

" N'avons-nous pas vu tout récemment miss Bly, une jeune new-yorkaise de 19 printemps, exécuter le tour du monde en 27 jours, uniquement pour montrer au public qu'une personne qui *parle anglais* peut faire un tour de force semblable ? On a beau à faire remarquer qu'un paquet de laine bien ficelé et bien adressé eût exécuté exactement le même trajet.

" En parlant de langues, on se rappelle de faits assez curieux :

" Quand le grand Alexandre se mit un jour en marche avec ses cohortes, il dit à ses sujets grecs : "J'irai partout porter nos armes et notre langue."

" Quand César conquit les Gaules, il écrivit au sénat : " Les chefs des barbares passeront sous les Fourches Caudines, mais leurs filles parleront notre langue."

" Quand Cromwell eut l'Irlande à ses genoux, il fit entendre par sa première proclamation ceci : "Vous êtes maintenant les sujets de l'Angleterre ; vous parlerez sa langue."

" Quand l'Allemagne arracha l'Alsace et la Lorraine à la France, elle alla plus loin avec ses nouveaux sujets conquis, elle osa dire : " Vous ne parlerez plus votre langue."

" L'Angleterre ferait-elle dire en ce moment par une de ses succursales : " Canadiens-français, vous ne parlerez plus votre langue ?"

" Quand la Russie a voulu une fois incorporer dans son grand empire toutes les provinces baltiques, un tant soit peu teutonnes, elle fit quoi ? Table rase de la langue allemande.

—" Désormais on parlera " russe " chez nous ", dit le Czar.

" L'Anglais et l'Américain vont plus loin, eux ; ils disent : non seulement on parlera l'anglais chez nous, mais dans quelques années on ne parlera que l'anglais dans l'univers entier.

" Or ils oublient que c'est arracher le cœur d'un peuple que de supprimer sa langue. Et arracher le cœur à une nation—quand elle mérite ce titre—est une chose totalement impossible ! "

Mais tous ne pensent pas ainsi. Le *Home Library*, un journal américain, disait dernièrement :

“ Il est d'une importance vitale pour tout le monde d'étudier et de connaître la langue française.

“ Sans parler des richesses de la littérature française et du plaisir que fournit à l'esprit une lecture intelligente des ouvrages des auteurs qui l'ont créée, les avantages pratiques que donne la connaissance de la “ langue de la diplomatie ” sont une raison plus que suffisante pour engager toute personne instruite à se la rendre familière.

“ Il est impossible de connaître à fond la langue anglaise à moins d'avoir acquis une certaine notion de l'idiome français duquel nous avons reçu nos expressions les plus énergiques.

“ De plus, il est impossible de voyager à travers l'Europe avec agrément sans savoir le français. Sur tous les point du continent européen, la langue française est le moyen de mettre en communication facile, les uns avec les autres, les voyageurs de toutes nations, parce qu'elle est universellement parlée par la classe instruite dans tous les pays du vieux monde.”

Voilà ce que les Américains pensent et publient au sujet de cette belle langue qui est la nôtre, à nous Canadiens-Français.

Au dernier banquet de l'Alliance française pour la propagation de la langue française à l'étranger, le ministre des affaires étrangères de France, M. Ribot, parlait ce fier langage :

" Comme une grande maison qui n'a pas toujours tenu ses comptes avec assez de vigilance, la France a été étonnée de retrouver là où elle ne s'y attendait pas des clients fidèles et dévoués. C'est que partout où elle a passé, notre race a marqué fortement son empreinte, par ses pionniers dont l'espèce n'est pas éteinte, qui ont porté dans tous les coins du monde, avec leur humeur gaie et facile, notre belle langue française. On se demande souvent, d'où vient ce grand succès de notre langue ; est-ce seulement de sa solidité, de sa clarté, de sa limpidité ? Je ne le crois pas à imaginer un volapuk aussi clair, aussi limpide que vous le voudrez, cela ne suffira pas. Il faut à une langue une âme qui est le génie même du peuple qui la parle ; l'âme de notre langue française, c'est l'âme de la France.

" Je me rappelle encore avec quelle émotion, j'ai découvert au milieu de cette vallée du Missisipi que nos pères ont les premiers colonisée, des îlots de langue française restés intacts au milieu du flot toujours croissant de la langue anglaise. Et j'ai éprouvé certainement l'une des plus douces émotions de ma vie le jour où, au sortir de cette immense et merveilleuse civilisation des Etats-Unis, j'ai vu dans le premier village canadien des petites maisons blanches comme celles de nos paysans, et que j'ai entendu au sortir de l'école les fillettes jaser dans notre léger babil français.

" C'est alors qu'on se sent bien vraiment de la même famille. C'est pour réunir tous ces fils de la France dispersés sur la surface du globe que vous avez engagé la lutte, et aussi pour disputer aux autres nations, qui ont, elles aussi, leurs légitimes ambitions, tous ces peuples qui forment la vieille clientèle intellectuelle de la France.

" Vos efforts tendent à entretenir et à fortifier notre influence traditionnelle dans les pays où depuis la Grèce et l'empire romain, le nom Français s'est élevé si haut. Grâce à vous, notre langue sera de plus en plus répandue et parlé en Egypte, en Syrie, et dans cette Tunisie où la prépondérance de la France est aujourd'hui à jamais établie."

Bien avant ce banquet de l'Alliance française, en 1868, un de nos grands hommes politiques, sir Georges Etienne Cartier, parlait ainsi, à son tour, des aspirations canadiennes-françaises. C'était le jour de la célébration de la Saint-Jean Baptiste, fête nationale du Canada-français : ce discours était prononcé à Ottawa :

" Il n'est plus possible, disait Cartier, de fermer les yeux sur l'importance et les destinées de la nationalité que vous êtes si fiers d'affirmer publiquement aujourd'hui. C'est comme représentant de cette nationalité, que j'ai été remarqué par l'Angleterre, après les grands labeurs de l'établisssement de la confédération.

“ Notre passé est noble, notre présent est plein d'encouragements, notre avenir sera prospère, si la Providence continue à nous montrer la bonne voie et à nous y guider.

“ Il ne faut pas que les plaintes des alarmistes vous jettent dans l'effroi Il est malheureusement vrai que beaucoup trop de Canadiens-français émigrent ; mais malgré cela, est-ce que l'accroissement de notre race n'égale pas, s'il ne dépasse point, le développement de n'importe quelle autre nation au monde ? Les statistiques le prouvent, et contre les chiffres les déclarations farouches, et les articles tout en pleurs ne peuvent rien. Comme de raison il est regrettable que ce mouvement d'émigration ait lieu. Tout le monde désire, tout le monde souhaite qu'on l'enraye au plus tôt, et ceux qui sont chargés de la direction et du contrôle des affaires de l'Etat ont compris que leur devoir était de travailler à retenir ici tous les enfants du sol, et ils y travaillent de toutes leurs forces.

“ Mais ce phénomène d'émigration n'est point particulier à notre race. Il suffit d'étudier l'histoire de toutes les nations, et d'observer ce qui se passe aujourd'hui dans tous les pays, pour savoir que chez tous les peuples il y a un flot de population flottante que les courants politiques et sociaux entraînent tantôt dans un sens et tantôt dans un autre.

“ Une chose qui ne peut que nous réjouir, c'est qu'on retrouve chez nos voisins plusieurs groupes de ces frères émigrés, assez fiers de leur origine, assez orgueilleux de notre passé, assez heureux d'appartenir à la famille franco-canadienne pour avoir fondé là-bas des journaux français, des institutions toutes françaises, où la religion donne la main au patriotisme, comme ici.

" On dit qu'il n'y a que le français qui ne puisse s'américaniser dans cette grande république où tant d'Européens, d'origines diverses, sont venus mêler leurs noms, leurs travaux et leurs énergies. Dieu merci, on ne peut nous accuser d'avoir dégénéré, sous ce rapport, car beaucoup des nôtres aussi restent bons Canadiens-français sur le sol étranger où ils ont planté leurs tentes.

" Il est consolant de se dire que les mêmes aspirations, les mêmes joies, les mêmes pensées que les nôtres font battre aujourd'hui des milliers de cœurs au sein de la république voisine.

" Le Canadien-français aime sa fête patriotique ; il la célèbre non-seulement sous le rapport national, mais aussi sous le rapport religieux avec bonheur, avec enthousiasme, avec transport. Le culte de la patrie le frappe vivement. Il a du respect pour ce qui le constitue ce qu'il est—car la fête Saint-Jean-Baptiste ne revient jamais sans l'émouvoir et l'exalter. Je suis sûr qu'aujourd'hui, il n'y a pas un seul Canadien, soit à Rome, soit à Paris, soit ailleurs, qui n'ait senti son cœur tressaillir en songeant que c'est la fête du Saint choisi par un grand patriote pour être le patron de cette jeune et noble famille, grandie dans les meilleures traditions de ses ancêtres, sur cette terre d'Amérique, déjà si féconde en grandes actions, en grands progrès, et en grandes espérances."

Que puis-je ajouter après tous ces témoignages?

Rien.

Nous sommes, nous resterons.

En donnant sa réponse à l'adresse d'adieu que lui présentaient les Chambres d'Ottawa, au printemps de 1878, lord Dufferin nous léguait ce véritable testament politique:

—Vous n'êtes plus maintenant, disait-il, une réunion de provinces disjointes. Vous n'êtes plus des *provinciaires*, des *colonists*; vous êtes les possesseurs, les défenseurs, les *gardiens*, les *répondants* d'une moitié du continent, d'un pays dont les capacités sont illimitées et à qui le plus haut renom peut être prédit dans l'avenir. Souvenez-vous que la vie contient peu de choses valant la peine de vivre, si elle n'a pas en vous quelques-unes de ces choses valant la peine de mourir pour elles; vous en possédez une de celle-là: une patrie dont on peut être fiers. Quelque soit sa position sociale, ou son origine, ou son entourage, ou les hasards de son existence, nul Canadien, qu'il soit Français, Anglais, Ecossais, Irlandais ou Indien, qu'il soit protestant ou catholique, ne doit oublier jamais que dans ce vaste Dominion du Canada, il a une patrie pour laquelle il vaut largement la peine de vivre et de mourir."

Cette patrie nous l'avons nous aussi. Nous l'habitons à côté de ceux qui chôment la St-George, la St-André, la St-Patrice. Comme eux, nous avons le droit de nous rappeler nos traditions. Or la plus sacrée est notre langue, la plus belle, la plus pure de l'univers, celle qui enseigne encore plus énergiquement que les autres à vivre et à mourir pour la patrie.

Vous venez de contribuer à une bonne œuvre ; vous êtes venu aider à l'externat des élèves des Dames de la Congrégation de St-Roch de Québec. Vous avez pris noblement place ce soir parmi tous ceux qui ont du cœur ici, et ils sont légion.

Merci au nom de l'enfance que vous allez aider à instruire et à bien élever. Ce rôle de la charité vous a été confié mesdames, depuis le commencement du monde. N'est-ce pas lui qui vous valait un jour ces grandes paroles de Joseph de Maistre ?

—" Les femmes n'ont fait ni l'*Iliade*, ni l'*Enéide*, ni la *Jérusalem délivrée*, ni le *Misantrophe*, ni le *Panthéon*, ni la *Vénus* de *Milon*, ni l'*Apollon*, ni le *Persée*, ni la *Basilique de Saint-Pierre*. Elles n'ont inventée ni l'algèbre, ni les télescopes, ni les métiers à bas ; mais elles font quelque chose de plus grand que tout cela : c'est sur leurs genoux que se forme ce qu'il y a de plus excellent dans le monde :

—" Un honnête homme et une honnête femme."

Ce soir vous êtes venu encourager les Sœurs de la Congrégation de Saint Roch de Québec dans leur œuvre toute patriotique et toute française.

Merci de nouveau, et avant de nous séparer permettez-moi d'exprimer ce vœu :

—Un jour, ces élèves instruites par votre charité deviendront à leur tour mères de familles, ou bien encore elles se dévoueront à la vie religieuse et à l'instruction publique. Puissent elles alors continuer à suivre la consigne donnée par les aïeux :

—S'aimer les uns les autres et ne jamais oublier la prière dernière des ancêtres canadiens-français : notre langue, nos institutions, nos lois.

Avant tout notre langue ; nos descendants se chargeront du reste.

LE CANADA

ET LES

CANADIENS-FRANÇAIS

PENDANT LA GUERRE FRANCO-PRUSSIENNE

CONFÉRENCE LUE DEVANT LE CLUB DE L'UNION COMMERCIALE DE SAINT-ROCH DE QUÉBEC.

Un poète de ces derniers temps, disait dans un moment de misanthropie :

En vérité ce siècle est un mauvais moment !

Et pourtant Alfred de Musset n'avait encore rien vu. Lorsque sonna 1870, il dormait depuis treize ans sous un des rares saules du Père Lachaise.

1870 ! Quelle année funèbre ! Qui comptera les morts, les larmes, les humiliations qu'elle entraîna dans son cours ? En ces temps-là, il ne s'élevait plus de terre que des vapeurs de sang. Les croyances croulaient. La paix n'était plus devenue qu'un rêve, et aussi loin que plongeait la pensée humaine, elle ne trouvait que sanglots, deuils, annéantissements. La misère et l'incendie semblaient avoir élu domicile au Canada ; le Mexique se débattait toujours au milieu de son cloaque de révolutions ; Cuba, la reine des Antilles, n'était plus qu'un Montfaucon où se heurtaient des corps de suppliciés politiques ; Valparaiso venait d'être bombardé ; le Brésil morne et silencieux au milieu de son triomphe regardait le Paraguay vaincu. Par de là l'Atlantique, l'Irlande, mourait toujours de faim ; la Pologne râlait son éternelle agonie ; l'Espagne luttait corps à corps avec l'anarchie ; l'Autriche se faisait impuissante ; la Russie démembrait l'Asie par fragments ; la Turquie s'épuisait dans ses harems ; l'Italie dépossédait le vicaire du Christ; la Chine faisait des martyrs, et au milieu de tous ces bouleversements la main de celle qui avait reçu de Dieu la mission d'éclairer les peuples de l'univers, se prenait à vaciller. Son flambeau allait s'éteignant, et profitant de la demi obscurité où le monde se trouvait plongé l'étranger cherchait à violer la France, notre mère.

Dire ce que nous avons souffert depuis le jour terrible où la première botte prussienne a foulé le sol que nous aimons tant, devient impossible ! Il faut pour se bien rendre compte de notre angoisse nationale, avoir vu les ouvriers canadiens, en blouse de travail, portant sur leurs épaules ces copeaux glanés au chantier et destinés à faire bouillir le pot au feu du soir, se grouper tristement au coin des rues. Ils répondaient énergiquement à ceux qui racontaient les flagellations de la mère-patrie :

—Ce n'est pas vrai !

Et le lendemain, au chantier, à l'atelier, dans la boutique, aux forges, derrière le comptoir, tous ces soldats du travail essayaient à qui mieux à se relever le moral. Ils espéraient pendant tout le jour ; puis, le pain quotidien arraché, les tristes nouvelles confirmées, on les voyait, cœurs navrés, regagner le logis, et tristement la soirée se passait à rêver à la France, la tête appuyée sur ce bras nerveux qui ne pouvant plus lui donner l'obole du sang, cherchait du moins à lui apporter l'obole du travail.

Pour se relever le moral on se racontait alors les prouesses des aïeux. On parlait parmi les lettrés du temps de *monsieur le marquis* de Montcalm, des batailles de la Monongahéla, de Carillon, de Fort Bull, de Montmorency. La vieille grand'mère racontait ce qu'elle avait entendu dire à la sienne. Des femmes, des vieillards, des enfants, disait-elle, avaient trainés les fourgons du chevalier de Lévis depuis le fort Jacques-Cartier jusqu'à Lorette. Il faisait 12 dégrés de froid, mais on n'avait pas de bêtes de somme pour conduire le train, et peinant, tombant, se relevant dans la neige et la glace, ces faibles allaient toujours, menant ainsi leur général à la victoire de Sainte-Foye.

D'autres avaient connus Evanturel le vieux soldat chanté par Octave Crémazie, Fay l'ancien hussard de Grouchy, LeBlanc l'ancien soldat de la garde, devenu tambour major de la société Saint-Jean-Baptiste de Québec, et plus d'un autre vétéran de l'Empereur. Ils causaient de Marengo, de Friedland, d'Austerlitz, d'Ièna, de Lutzen, d'Eylau, de Champaubert ; tous savaient sur le bout des doigts les victoires de Crimée, d'Italie et du Mexique.

C'est ainsi que se passaient ces tristes soirées. Et les jours succédaient aux jours, apportant les uns des fanfares de victoire, les autres des glas de défaites.

Dans les rues des villes s'étalaient des tableaux noirs : des dépêches y étaient inscrites à la craie. La foule les lisait ; elle les commentait tantôt avec des larmes, tantôt avec des cris de joie.

Le 20 août ces tableaux noirs disaient :

Grande bataille à Metz—Deux généraux prussiens tués ; deux autres blessés. La garde impériale a donnée : 20,000 prussiens sur le champ de bataille. Le prince royal de Prusse est blessé. Un régiment de lanciers allemands a été taillé en pièces ; ses drapeaux ont été enlevés ; 19 espions prussiens ont été fusillés à Montmidy. L'armée prussienne du centre a été à peu près annéantie. Le prince Albert de Prusse a été trouvé parmi les morts. Le régiment du prince de Bismarck vient d'être annihilé. Les paysans ont fait prisonnier un détachement de dragons ennemis. Grande bataille sur la Moselle. Brillante victoire des Français. Des milliers de Français s'enrôlent dans la mobile. 20,000 arabes viennent de partir pour la France.

Ces en-têtes de dépêches que j'ai noté avec soin étaient lus généralement par un ouvrier ; la foule soulignait chaque bonne nouvelle.

Le 20 août le Canada français fut en liesse. *L'Evénement* de Québec faisait suivre de ces remarques le bulletin cité plus haut :

“ Depuis dimanche les Français n'ont eû que des succès. Aujourd'hui ce n'a été par toute la ville qu'une joie, qu'un délire. On parle d'illuminer. Les drapeaux tricolores flottent sur des centaines de maisons de Saint-Roch et de la Haute-Ville de Québec. "

Ce soir là, devant la porte d'un banquier de Saint-Roch, M. William Venner, j'ai vû quatre ou cinq cents personnes chantant la *Marsaillaise* et le *Départ*. M. Venner, donnait lui-même le signal.

Les dépêches arrivées à Québec, le 22 août furent aussi annoncées en grosses lettres. Elles disaient :

Les Prussiens sont tout probablement cernés par les troupes françaises.

Une bataille décisive imminente. Pertes des Prussiens à Rezonville 40,000. *Corps du général Steinmetz en pièces : sa cavalerie annéantie. Strasbourg en flamme. Communication difficile entre Bazaine et MacMahon. Phalsbourg a capitulé. Verdun est au pouvoir des Prussiens.*

Le 23 août, le malaise s'accentuait de plus en plus parmi nos gens. Ils ne savaient plus à quoi penser.

Ils avaient lû ce jour là sur l'inéxorable tableau, ces dépêches :

Le prince royal de Prusse marche sur Paris. Bazaine quitte Metz. La confusion augmente dans

Paris. Napoléon III est en fuite. Les d'Orléans sont réintégrés.

Le 24 tout allait pour le mieux. Cinq dépêches annonçaient coup sur coup des succès pour les troupes françaises, à la grande joie de la population. Elles disaient :

Les Prussiens énormement affaiblis. Bazaine a reçu des renforts ; il est maître de la situation. Les lignes prussiennes sont enfoncées à Montmédy. Cri d'horreur dans toute l'Allemagne. Frégate prussienne capturée. MacMahon a rejoint Bazaine. 520,600 *Prussiens marchent à la bataille. Bazaine refuse le passage de la Belgique à* 85,000 *Prussiens.*

Je ne suis que modeste chroniqueur, et je raconte ici simplement ce que l'on nous faisait croire au Canada en ce temps-là.

Le 25 nous entendîmes parler d'un grand combat naval.

Le 26 les bonnes nouvelles persistaient ; et, ce fut tout.

Nous ne reçumes plus de bulletins.

Alors une grande inquiétude s'empara de la population. Les querelles politiques se tûrent ; tous les yeux se tournèrent vers la mère patrie. Nous étions attristés, mais nous ne perdions pas courage. La presse de l'époque est un fidèle tableau des émotions par où nous passions.

L'*Evénement* du 28 août disait :

"—A la pensée de la lutte que soutient la nation dont nous descendons, le sang français se remet à couler dans nos veines comme si rien ne l'avait glacé ; et nous acclamons le drapeau de la mère-patrie comme s'il n'avait cessé de flotter sur nos têtes.

" Nous avons beau dire et beau faire, nous être fait aux circonstances, aimer notre sort ne conserver plus de regrets, mettre ailleurs nos espérances, la France reste pour nous la France. C'est notre seul amour national, la source même de notre patriotisme ; et s'il disparaissait jamais, rien ne le remplacerait. L'âme de notre peuple serait pour toujours fermée aux nobles élans. Nous estimons l'Angleterre, nous lui sommes reconnaissant de nous avoir donné le plus précieux des biens, la liberté. Nous admirons les États-Unis, dont la prospérité nous éblouit ; mais nous n'aimons avec passion que la France. Son nom seul peut nous faire trasaillir ; et lorsque, il y a deux ans, nos jeunes gens s'enrôlaient dans les zouaves pontificaux, la pensée de traverser le sol où les ancêtres étaient nés et d'aller servir à côté de Bretons et de Normands, doublait leur ardeur.

" Ce noble sentiment, ce généreux enthousiasme n'a rien d'offensant pour les peuples qui nous entourent. Ils montrent jusqu'à quel point nous poussons la fidélité, puisque rien n'a pu nous détacher de nos premiers protecteurs. Un peuple ne vaut que par le culte qu'il conserve pour ses traditions. Le nôtre se tournerait demain contre ceux qui le protége aujourd'hui, s'il pouvait oublier ceux qui ont soutenu ses premiers pas. Ingrats pour la France maintenant, nous le serions plus tard pour l'Angleterre."

De son côté le rédacteur du *Journal de Québec* écrivait :

"—Nous n'hésitons pas à le dire, le monde entier doit secourir la France. C'est son devoir, c'est le devoir de la reconnaissance, le plus sacré de tous les devoirs. On peut oublier les hauts-faits d'une nation, ses guerres, ses victoires, ses conquêtes ; on peut oublier tout cela, mais ses bienfaits, jamais ! Que le monde se souvienne de tout ce que la France a fait pour son bien-être matériel et intellectuel. Que tous les peuples se rappellent ce que la France a fait pour chacun d'eux en particulier. Qu'ils se rappellent que la France, avant d'étonner l'univers par sa résistance plus qu'héroïque, l'a rempli d'admiration pour ses œuvres, par l'immense impulsion qu'elle a donnée aux lettres, aux sciences, aux arts, à la civilisation, au progrès. Voilà ce qui fait que l'obligation de secourir la France est une obligation universelle, puisque la dette de reconnaissance qui lui est dûe est une dette générale.

" Chaque peuple est débiteur de la France. Tous sont ses obligés. Que le Canada suive les nobles exemples de l'Europe et de l'Amérique. Que des sociétés de secours s'organisent ici dans nos villes, dans nos campagnes. Envoyons notre part. Elle ne sera pas considérable : nous sommes pauvres. Qu'importe? En donnant notre obole nous aurons du moins la satisfaction de n'avoir pas forfait à notre devoir."

De suite les Français vinrent se grouper autour d'un de leurs doyens, M. le docteur Pourtier. J'étais à cette réunion. Il y avait là douze Français ; nous étions en outre six Canadiens-français. Il fut unanimement décidé d'offrir la direction complète du mouvement au Consul général de France au Canada, M. Fréderic Gautier. Une assemblée fut resolu ce soir là—nous étions au 10 août—pour le 18 du même mois ; mais malgré qu'elle eut été annoncée dans les journaux, elle ne fut pas généralement connue. Il n'y eut que 500 Canadiens qui se rendirent à la porte du consulat. Des discours patriotiques fûrent prononcés par l'honorable M. Cauchon, le juge Henri Taschereau, M. Amyot M. P., et autres.

—*La Marseillaise !* cria quelqu'un.

Une triple clameur s'éleva dans l'air et la masse s'ébranla aux premières notes

Allons enfants de la patrie !

Laissons la parole aux journaux du temps.

—La procession qui se grossissait toujours de personnes de tout rang et de tout âge, vieillards, jeunes gens, tous Français, traversa quatre de front la place Frontenac. Elle prit la rue Buade, descendit la rue de la Fabrique, suivit la rue Saint-Jean jusqu'à la rue Saint-Augustin dans la côte d'Abraham, parcourut cette rue, la rue de la Couronne, la rue Saint-Joseph, la rue du Pont, fit halte, puis continua sa route en suivant les rues du Pont et de Saint-Valier jusqu'à la Basse-ville, où elle se dispersa en entonnant le dernier couplet de la Marseillaise et aux cris de Vive la France ! Vive l'armée !

—Et l'on dira ajoute *l'Evénement*, à qui j'emprunte ces détails, que le patriotisme est endormi chez nous et que nous sommes moins français que le premier de nos aïeux quand il mit le pied sur les rives du Saint-Laurent ? '

Le 18 août une assemblée était convoquée chez M. Gautier, consul général de France Sur proposition de M. le docteur Pourtier, président depuis longtemps de la Société de bienfaisance française de Québec, et de l'honorable M. Cauchon, mort depuis gouverneur au Manitoba, on procéda à la formation d'un comité de souscription nationale. Soixante-dix-sept des principaux citoyens de Québec en firent partie. Au besoin ils avaient le pouvoir de s'adjoindre d'autres personnes (1).

---

(1). Ce comité fut composé dès le début, de l'honorable M. Cauchon ; de M. le Dr. Pourtier ; de l'honorable I. Thibaudeau, ancien ministre ; de l'honorable Henri Taschereau, ancien député et juge ; de MM. Eugène Chinic, T. Ledroit, J. B. Paillon, de l'honorable Chaussegros de Léry, sénateur et conseiller législatif, de l'honorable M. Garneau, conseiller législatif, ancien ministre, de MM. A. Dessane, Paul Cousin, Michel Alméras, William Venner, de l'honorable M. Joly, plus tard premier ministre, de MM. Ignace Fortier, L. Paradis,

Le but de l'organisation était " de faire parvenir aux blessés de l'armée française de terre et de mer, comme aux veuves et aux orphelins des militaires qui succomberaient du côté de la France dans la guerre actuelle, une preuve de patriotisme de la part des Français et de cordiale sympathie de la part des habitants du Canada quelque fut leur origine. " M. Alexandre Lévy-

---

Jolivet, G. Amyot, plus tard député, J. B. Renaud, Norbert Germain, Jean Lord, Kérouac, Léon Arel, M. Tardivel, J. A. Tapin, J. G. Barthe, F. X. Roy, Louis Amyot, W. Muir, greffier de l'Assemblée, P. Fournier, George Duval, greffier de la Cour Suprême, de l'honorable M. McGreevy, conseiller législatif, de l'honorable John Hearn, député, de MM. Mathew Hearn, J. Connolly, John Roach, Alfred Venuer, Jacques Blais, Dr. Rinfret, député, de l'honorable J. E. Gingras, conseiller législatif, de MM. N. C. Faucher de Saint-Maurice, Jules Faucher de Saint-Maurice, Lafrance, Dr. Lemieux, F. Peachy, Dr. Brousseau, Donohue, Félix Fortin, J. B. R. Dufresne, Louis Lamontagne, du *Journal de Québec*, M. Beaudet, John Sharples, J. D. Brousseau, Léger Brousseau, du *Courrier du Canada*, P. Vallée, Isaac Dorion, Augustin Côté, du *Journal de Quebec*, H. Fabre, de *l'Evénement*, l'honorable M. Evanturel, ancien ministre, de MM. Cary, du *Mercury*, John Foote, du *Quebec Chronicle*, Louis Bourget, Xavier Julien, Jacques Auger, M. McAvoy, Z. Dubeau, Arthur Dion, J. Leclaire, J. F. Belleau, W. Blumhart, Henri de Lagrave, M. Fuchs, Guillet-Tourangeau, ancien maire de Québec, ancien député, Nazaire Turcotte, Napoléon Legendre, Jules Taché, N. LeVasseur.

Reccio fut nommé secrétaire de cette organisation.

Les montants perçus étaient remis au Consulat général de France. Il lés déposait à la Banque Nationale, pour être plus tard centralisés et remis à M. Gautier, consul général de France au Canada. Ce dernier devait les faire parvenir à destination avec les noms des donateurs.

Deux Français M. le Dr Pourtier et M. Paillon firent voter des remerciements aux Canadiens-Français pour le chaleureux concours qu'ils accordaient à la France, dans la circonstance actuelle.

Le 28 août, une assemblée publique fut convoquée à la salle Jacques-Cartier à Saint-Roch de Québec : 2.000 personnes furent présentes. Elles choisirent comme président M. Pruneau, mort depuis maître de poste de Québec, et comme sécrétaire, M. Guillaume Amyot, député aujourd'hui aux Communes du Canada. MM. Dessane, Amyot, N. Duquet, Arthur Buies, le docteur Charles de Guise prirent successivement la parole. Il fut unanimement resolu. " au milieu de bruyants applaudissements—" c'est ainsi que s'expriment les journaux de l'époque—

—Que cette assemblée exprime ses plus sincères sympathies pour la France, dans la glorieuse lutte qu'elle soutient contre la Prusse; qu'elle fait des vœux ardents pour son complet succès et que c'est un devoir pour tous de contribuer à la souscription en faveur des blessés français."

On avait donné à la souscription le nom de LA SOUSCRIPTION NATIONALE.

En tête de liste venaient le Consul général de France et les honorables MM. Chinic et Thibaudeau. Ils avaient souscrit chacun $100. La première journée la Souscription Nationale atteignit $1,260; la moindre somme perçue était de 10 cents. Une pauvre famille du nom de Fortier avait donné à elle seule $18. Ces dollars étaient ainsi reparties: le père $5; la mère et chaque enfant $1; et $2 pour mademoiselle Joséphine Fortier "comme étant la plus jeune."

Les souscriptions se faisaient un peu partout; surtout à l'Hôtel-de-Ville.

Le 14 septembre 1870, le consul général de France faisait un premier envoi de fonds. Il consistait en £650 sterlings, soit $3,185.96 fournies par une traite sur la Banque Nationale de

Québec. Cette remise était adressée à MM. N. Rostchild et fils de Londres avec prière d'en opérer le recouvrement et de le tenir à la disposition du Ministère des affaires étrangères à Paris. Celui-ci devait à son tour faire parvenir ces fonds à la Commission centrale du secours aux blessés.

Le consul général de France terminait sa lettre d'envoi, en disant :

—" C'est grâce aux sympathies que rencontre partout dans la Puissance du Canada, mais surtout chez les Canadiens d'origine française, cette œuvre patriotique et d'humanité chrétienne qu'est dû ce résultat d'autant plus beau que le pays vient d'être éprouvé par de terribles incendies. J'ose en témoigner ici, au nom des héroïques défenseurs de la patrie des Jacques Cartier, des Champlain, des Montcalm, ma vive et profonde reconnaissance.

(Signé) FRED. GAUTIER.

M. Gautier avait crû, à juste titre, qu'il était de son devoir de télégraphier au Ministère des affaires étrangères de France, l'empressement que les Canadiens-français mettaient à souscrire.

Le ministre émus de cette action lui écrivit le 13 septembre 1870 :

"—J'ai reçu votre dépêche du 26 août rendant compte des souscriptions qui ont été ouvertes dans plusieurs villes du Canada pour venir en aide aux blessés de notre armée, à leurs veuves, à leurs orphelins. Les témoignages de sympathie que vous me faites connaître m'ont vivement touché. Je vous prie de vouloir bien remercier cordialement les citoyens canadiens qui donnent à nos héroïques soldats ces marques d'une générosité fraternelle. Dites-leur que si le souvenir de leur ancienne mère-patrie est resté vivant dans leurs cœurs, la France elle aussi n'a pas perdu leur souvenir. Elle est toujours fidèle à sa vieille amitié pour les habitants de cette terre autrefois française.

(Signé) JULES FAVRE."

La deuxième liste fournie par Québec à la Souscription Nationale était de $519.98. Parmi les principaux souscripteurs la maison John Sharples s'était inscrite pour $100, l'archevêque de Québec pour $20, le Séminaire pour $50, M. Fry pour $50. Sur ces entrefaites arriva au consulat général de France la première liste de Montréal ; elle était envoyée par le Dr. Picault, vice-consul, et elle renfermait $1.500.12. Puis se succédèrent pendant la même semaine celle du vice-consul de France à Halifax, montant $297.37½ dont $200 données par le vice-consul Cunard et $50 par l'archevêque ; celle de l'agence consulaire de France à Saint-Jean du Nouveau-Brunswick, montant $225 ; celle de l'agence consulaire de Toronto, montant $200. A son tour M. G. C. Dessaulles, président du comité de souscription de la ville de Saint-Hyacinthe versait $279.46. Une troisième liste de Québec renfermait la somme de $397.75. Ce fut au moment où elle arrivait au consulat que M. Gauthier me proposa de rédiger la circulaire suivante adressée au clergé de la Province :

SOUSCRIPTION EN FAVEUR DES SOLDATS FRANÇAIS BLESSÉS.

Québec, septembre 1870.

Monsieur l'Abbé,

Les populations Canadienne-Française et Irlandaise des grandes villes du Canada ont voulu présenter un témoignage de leurs sympathies envers les soldats Français de terre et de mer, qui ont été blessés, ainsi qu'aux veuves et orphelins de ceux qui succombent, maintenant, dans la guerre entre la France et la Prusse. Des comités se sont formés, des listes de souscription sont ouvertes. Bientôt j'aurai, je l'espère, la satisfaction de pouvoir expédier à Paris, un premier envoi d'argent au comité principal, chargé de distribuer les secours.

Ces preuves de bon souvenir et d'inaltérable dévouement que conservent les Canadiens-Français pour la patrie de leur origine, sont véritablement touchantes ; elles auront du retentissement au fond de tout cœur français, et la terre de souvenance se les rappellera longtemps.

Malgré les souffrances, les incendies, le manque de travail qui pèsent sur le Canada, je croirais manquer une magnifique occasion d'honorer ces sentiments et d'affirmer l'ardent patriotisme de vos paroissiens, si je ne venais vous prier, avec l'assentiment de l'Archevêché, de les associer à la grande et belle œuvre qui s'accomplit maintenant, partout où pense et prie une âme française.

Veuillez donc, Monsieur le Curé, au nom des blessés glorieux, au nom des veuves et des orphelins que laissent derrière eux les morts héroïques de la patrie, faire dans votre paroisse une tournée à domicile. Les gros sous du pauvre figureront tout aussi noblement que les dollars du riche à ce rendez-vous de l'humanité et de la charité chrétienne.

Joignez-y vos prières, monsieur le Curé, et puisse Dieu protéger la France.

J'ai l'honneur d'être,

Monsieur l'Abbé,

Votre très-obéissant serviteur

(Signé) FRED. GAUTIER.

Consul général de France, Président du Comité de Souscription en faveur des soldats Français blessés.

A Monsieur le Curé—

P. S.—Quand vous m'adresserez le produit de votre quête, joignez-y, je vous prie, les noms des personnes qui auront donné.

Cette circulaire ne tarda pas à produire son effet. Bientôt l'obole du pauvre, du colon, du travailleur des champs, du bucheron, s'achemina vers le Consulat général. Parmi mes notes de l'époque je relève ces souscriptions. Quelques-unes sont minimes : tout de même, elles prouve le bon sentiment des pauvres qui donnaient : c'était un sou quelque fois, mais ils le donnaient de tout cœur.

Paroisse de	Charlesbourg	$ 29 00
—	Saint Jean d'Eschaillons	25 00
—	Frampton	8 25
—	Ste Catherine de Fossambault.	3 00
—	Ancienne Lorette	80 00
—	Sainte Marguerite	40 20
—	Lambton	3 60
—	Saint Anselme	15 00
—	Chicoutimi	18 00
—	Saint Félix du Cap Rouge	17 60
—	Saint Patrice du Cap Breton	45 00
—	Saint Augustin	58 28

Cette dernière paroisse venait de perdre soixante maisons brûlées dans un incendie !

Ces petites sommes représentaient bien des sueurs.

Chez nous la terre est rude à l'homme. Pour souscrire ainsi, il faut faire faire bien des tours à sa charrue ; il faut donner bien des coups de hache dans la forêt, Qu'importaient ces heures de pénible travail à nos paysans, à nos habitants ? Elles n'étaient pas perdues. Il s'agissait de la France, et ils mettaient ce que leur honorable pauvreté leur permettait de donner.

Dans ces temps-là tout le monde avait le cœur gros. Je me rappelle de ma servante, Marie Lafontaine. Elle savait gronder à la porte. Elle faisait une cuisine tolérable ; mais elle prenait pour des sorciers les gens qui savaient lire et écrire. Le dimanche où se fit au prône des églises la lecture de la circulaire du consul général, elle m'arriva toute émue.

—Monsieur, me dit-elle, c'est demain le jour où vous avez l'habitude de me donner mes gages. Cela vous serait-il égal de les envoyer à M. le curé Auclair ? Il les remettra à *nos gens*. Il m'apparaît qu'ils souffrent là-bas.

Et inconsciemment, cette sublime ignorante qui ne connaissait du monde que la géographie de son cœur pointait de son doigt le côté où se trouve la France !

Voilà quels étaient nos sentiments en 1870. Depuis les plus petits jusqu'aux plus grands, tous pleuraient, tous priaient, tous avaient les yeux tournés vers la mère-patrie.

Pendant que le Canada souscrivait ainsi, arrivait au comité central de la Souscription Nationale un appel en faveur des veuves et des orphelins français. Ils étaient chassés de leur pays par la guerre. Ils inondaient les rues de Londres. Ils étaient sans abri, sans pain, sans vêtements. " On les voit errer, disait la circulaire, dans les grandes villes, la mort sur la figure et le désespoir dans l'âme. " Les dames de l'aristocratie anglaise s'étaient formé en comité. La présidente, madame la marquise de Lothian, venait d'écrire une lettre adressée aux dames canadiennes.

Les Ursulines, l'Archevêché, le Séminaire, l'Hôtel-Dieu, les Dames de Jésus Marie, celles de l'Hôpital-Général, les femmes de ministres, de députés, les pauvres, les riches répondirent avec empressement à ce cri de détresse. Les femmes se formèrent en comité sous la présidence de madame juge en chef Duval ; elles élirent comme trésorière madame juge Ulric Tessier.

Depuis ces deux grandes âmes s'en sont retournées vers Dieu, laissant derrière elles un nom intimement lié à la charité chrétienne et à la société française.

Le secrétaire de ce comité, M. l'abbé Raymond Casgrain, fut bientôt en mesure d'annoncer au au public que la première liste avait atteint le chiffre de $306 ; une deuxième liste publiée trois jours après ajoutait $206 à ces chiffres ; une troisième liste donnait $86 ; une quatrième, $55 ; une cinquième, $36, ce qui portait le montant expédié au comité de Londres par madame juge Ulric Tessier à la somme de $689.

La quatrième liste du consul général de France atteignait la somme de $238.85. A ce chiffre vint se joindre le deuxième versement du vice-consul de France de Montréal ; il était de $1,000.41. D'autres sommes considérables s'ajoutèrent à ces dernières. C'étaient $463.28 venant des paroisses ; un versement de $100 de l'agent consulaire de Toronto ; un versement de $200 du vice-consulat de France à Sydney, Cap-Breton, venant de l'honorable sénateur Bourinot, mort depuis ; un deuxième versement de $65, venant de la ville de Saint-Hyacinthe et remis par l'honorable M. Mercier, aujourd'hui premier ministre de la province de Québec.

L'acte de générosité que venait de faire Saint-Hyacinthe ne devait pas être oublié. En ces jours de deuil de 1870 cette ville avait versé $374.65, pour les blessés de la France. Plus tard elle fut dévastée par un incendie. Notre chargé d'affaires à Paris, M. Paul de Cazes, alla voir l'ancienne présidente du comité des souscriptions en faveur des blessés de France, madame la maréchale de MacMahon. Le duc de Magenta était alors président de la République. Madame la duchesse versa en cette circonstance une somme de 3,000 francs prise sur sa cassette particulière. Elle était destinée aux victimes de l'incendie de Saint-Hyacinthe.

Je l'ai déjà dit : le 14 septembre M. Gautier envoyait à la maison Rostchild de Londres, pour être tenue à la disposition du Ministre des affaires étrangères, la somme de £650 sterling. Le 28 octobre une seconde traite de £550 sterling fût tirée sur la même maison pour le même motif, et le 3 novembre il restait dans la caisse de la Souscription Nationale une somme $294.80.

Partout, à Danville, dans les paroisses, dans les campagnes se tenaient des assemblées publiques.

A Saint-Jean, l'honorable M. Marchand ancien ministre, et président de l'Assemblée Législative, faisait une souscription à part. Elle était " en faveur des paysans français qui souffrent le plus de la guerre contre la Prusse."

Le Ministre des affaires étrangères accusait en ces termes la réception de cet envoi. Cette lettre était adressée au consul général, M. Frédéric Gautier.

Paris, le 30 octobre 1871.

Monsieur,

Vous m'avez fait l'honneur de m'adresser le 15 septembre dernier une traite de la somme 2,541 francs 30 centimes, produit de souscriptions receuillies à Saint-Jean d'Iberville par M. Marchand, membre de l'Assemblée Législative de la Province de Québec, au profit des paysans français victimes de la guerre.

J'ai transmis à cet effet à monsieur le Ministre de l'Agriculture et du Commerce, en le priant d'employer le montant conformément au vœu des donateurs. Vous voudrez bien, en outre, en le remerciant personnellement en mon nom, prier monsieur Marchand de se porter auprès des souscripteurs l'interprète des sentiments de gratitude du gouvernement de la République.

Recevez, monsieur, l'assurance de ma considération très distinguée.

(Signé) DE RÉMUSAT.

Partout dans les paroisses canadiennes françaises régnait le même enthousiasme.

Un homme qui repose en paix, aujourd'hui, sur cette terre de Nouvelle-France qu'il a tant aimée, un écrivain charmant, plein de tact, d'esprit, de délicatesse, un causeur tout à la fois brillant et charitable, M. Auguste Achintre, me décrivait ainsi une scène de cette époque

—Je viens de relire, mon cher ami, le petit-chef-d'œuvre d'un mort aimé. Il est intitulé : *Pourquoi nous sommes Français.*

Il est signé par Oscar Dunn.

Que de douces choses, cette lecture m'a rappelée ! C'était il y a quinze ans, au commencement de septembre, par une de ces magnifiques journées qui, ici au Canada, conservent encore la parure et l'éclat radieux de l'été, sans en avoir cependant les énervantes couleurs.

Une foule d'invités de tout âge et de tout sexe, assise ou debout, sur le pont du petit steamboat le *Notre-Dame* qui pour la première fois violentait les eaux calmes de la petite rivière Yamaska, nous emportait au bruit de son sifflet et des palettes de ses roues entre les rives bordées de curieux, vers le village de Saint-Césaire. C'était non-seulement la célébration de la mise à flot du vapeur *Notre-Dame*, mais mieux la réunion, à cette occasion, de tous ceux qui aimant la France, voulaient bien en ces temps d'horribles revers, lui prouver leurs sympathies et venir à son aide en souscrivant pour ses blessés.

Ce fût dans la mémorable séance de ce jour, donnée dans la salle du collège, que notre bon ami Oscar Dunn prononça en discours l'étude "*Pourquoi nous sommes Français.*"

En relisant ce morceau qui n'a point vieilli, tant les idées sont justes et vraies, tant la forme est adéquate à la pensée et au sentiment, je revoyais, j'entendais ce brave garçon s'animer de son débit, et sous les bravos du public, rougir, pâlir tour à tour, les yeux plein de larmes, tout frémissant du plaisir de voir qu'il était compris, que les cœurs de l'auditoire vibraient à l'unisson et que son discours devenait un hors-d'œuvre, puisque l'attitude, les voix, l'enthousiasme de tous, à certains passages, lui renvoyant l'écho de ses propres pensées, montraient involontairement qu'ils savaient en criant vive la France ! pourquoi ils étaient restés Français.

A travers les périodes de ce simple discours, passe un grand souffle de patriotisme, et dans certains paragraphes, tels que ceux traitant les qualités de la langue française, l'on y remarque une finesse d'analyse et d'aperçus rendus dans un style sobre et clair, éminemment français.

Au sortir de la séance l'on se rendit à l'église située à quelques pas, de l'autre côté de la place.

Là, le vénérable curé de la paroisse, M. Provençal, monta en chaire et rappelant en quelques paroles émues les liens de sang et de race, les affinités de cœur et d'esprit entre les Français et les Canadians, conclut en recommandant de prier pour le succès des armes de l'ancienne mère-patrie, et à tous ceux qui le pourraient de donner leur souscription pour les blessés.

Puis au milieu du recueillement général la récitation des litanies de la Vierge commença.

Qui ne connait cette magnifique invocation à la Mère du Sauveur, cette définition mystique des grâces et des perfections morales de la femme, de ce qui constitue la pureté, l'honneur, le dévouement de la Vierge, de l'Epouse, de la Mère ?

Etoile du matin !
Tour d'ivoire !
Arche d'alliance !
Mère admirable !

Et à chacun de ces versets, l'assistance répondait :

Priez pour nous !

Dans ce lieu, à cette heure du jour, la scène grandiose dans sa simplicité, devenait attendrissante.

Les rayons du soleil à son déclin traversant les vitraux coloriés, plaquaient sur les piliers, les nefs et les murs des chapelles des tons affaiblis de pourpre et d'or, mêlés à des nuances violettes, brunes et argent, au milieu desquelles les têtes des assistants paraissaient comme baignées dans un poudroiement lumineux.

Representez-vous, mon cher ami, dans ce crépuscule coloré, le vieux prêtre au pied de l'autel, récitant les versets et les fidèles agenouillés murmurant la réponse liturgique.

Au commencement de la cérémonie, assis sur mon banc, les yeux à demi fermés, dès les débuts de l'allocution de ce pasteur à cheveux blancs, une vision étrange, suscitée par ses paroles en faveur de la France, m'apparut tout à coup.

A travers la déchirure d'une nuée d'un rouge sombre, faite sans doute de fumée et de sang, j'entrevoyais des lueurs d'incendies éclairant les campagnes, les villages détruits, le sol jonché de monceaux de cadavres. Ici des hommes et des chevaux ; là, des canons, des affûts et des armes brisées, tordues, et dans l'éloignement des troupes de fuyards ; toutes les horreurs de la guerre, multipliées, accrues par la défaite, par l'épouvante.

Le rythme de la récitation des litanies me calma. Sous l'influence du saint cantique, au tableau des désastres succèda l'image d'une grande femme. Elle avait les yeux en pleurs, les cheveux épars : elle était drapée dans une ample tunique tricolore, maculée, trouée, déchiquetée : elle marchait seule à grands pas, avec des gestes désespérés, dans une immense plaine couverte de ruines et de débris fumants.

Il me parut alors que ces litanies étaient comme l'énumération symbolique des vertus de la France chrétienne. Le *Priez pour nous* se changeait en *Priez pour elle.* Priez pour la grande crucifiée, agonisant alors sous le talon des hordes germaines.

Peu à peu les voix faiblirent, des bruits inusités, semblables à ceux de sanglots continus, à l'étouffement de soupirs......se faisaient entendre.

Jetant les yeux autour de moi, j'aperçus des hommes, des femmes qui pleuraient......et gagné par l'émotion, je fis comme eux.........

Quelques minutes plus tard, sous le porche de l'église, Oscar Dunn s'approcha et me regardant de ses grands yeux humides :

—Vous voyez, me dit-il d'une voix altérée, je viens de rappeler à ces braves gens, pourquoi nous sommes restés français ; eux viennent de me répondre à leur manière, comment ils le resteront toujours.

Et il me tendit sa main que je pressai énergiquement. Je n'oublierai de ma vie le souvenir de cette scène que je veux vous faire partager avec moi, mon cher ami, en vous l'écrivant.

Auguste Achintre, Oscar Dunn ne furent pas les seuls à mettre, en ces jours de deuil, leurs plumes au service de la mère-patrie violentée et meurtrie. Norbert Provencher, Elzéar Gérin, Ubalde Beaudry, Bénoni Longpré quatre morts que pleure aujourd'hui le journalisme canadien, firent entendre alors d'énergiques protestations au nom de la France ; ils écrivirent leurs pages les plus émues et les plus poignantes.

Les dépêches données à Québec le 1er septembre annonçaient que MacMahon avait été vaincu. Ici tout le monde croyait qu'elles étaient de sources prussiennes. Un peu plus tard une seconde dépêche parvenue au *Sun* disait laconiquement que les Français avaient battus les Prussiens. Des groupes stationnaient sur les places publiques malgré un temps affreux. Cette foule passait par toutes les péripéties de l'espoir et du désespoir.

—Attendons encore un peu, disait-on : ce n'est pas la grande bataille décisive ; ce n'est qu'un revers partiel.

A midi, il n'y avait pas de dépêches de France.

Pendant trois longs jours nous fûmes ainsi sans nouvelles. Pour une fois la Prusse avait imité la réserve du gouvernement français. Berlin était également sans nouvelles sur le resultat de la grande bataille. De part et d'autres on comprenait que le dernier mot allait se dire. En attendant, les télégrammes envoyées à la presse faisaient circuler la rumeur que Napoléon III était fort malade et que le roi de Prusse était fou.

Tout à coup, à midi une dépêche vint dire :

—L'armée de MacMahon a capitulé. L'empereur Napoléon s'est rendu.

Le roi de Prusse l'annonçait à la Reine. Cette nouvelle demandait confirmation.

Hélas ! nous étions loin de cette date du 15 novembre 1745, ou Fréderic le Grand roi de Prusse, écrivait à Louis XV roi de France, lors de sa seconde lutte contre Marie Thérèse d'Autriche :

"—Je jouirais encore du bien de la paix, si les intérêts de Votre Majesté ne m'avaient engagé dans la guerre présente. Ses ennemis et les miens réunis par l'ambition, la haine, la vengeance, conjurent contre moi toutes les puissances de l'Europe, et travaillent avec autant d'acharnement à aliéner mes amis par leurs artifices, qu'à séduire mes amis par leur corruption. Je touche au moment que le prince de Lorraine va tenter une invasion en Silésie pour où je pars incessamment.

" Les Saxons renforcés d'un détachement fait de l'armée du Rhin, vont m'attaquer dans le pays de Magdebourg, tandis que l'impératrice de Russie fait marcher un corps auxiliaire de 12,000 hommes qui s'approchent actuellement des frontières de Prusse. *J'attends de l'amitié et de la bonté de Votre Majesté des conseils dans un cas si épineux, et si Elle pourra se résoudre d'abandonner dans ce danger le* DERNIER ALLIÉ *qui lui reste en Allemagne. Je ne puis me dispenser de Lui dire que le cas est pressant, et que je fais un si grand fond sur son caractère, son amitié et l'étendu de ses lumières que je me promets tout de son assistance.*"

125 ans s'étaient écoulés depuis le jour où ces paroles suppliantes avaient été écrites, et

déjà, le roi de Prusse, l'héritier de celui qui proclamait la France aux jours de l'abandon " le dernier allié qui restait à l'Allemagne " annonçait à sa Reine que la France s'était enfin rendue.

Ce soir là—c'était un samedi—la tempête continuait toujours. Les bureaux de l'*Evénement* étaient restés ouverts. Une foule énorme, silencieuse, l'encombrait et faisait queue à la porte. J'en faisais partie. " Les uns—dit un témoin oculaire—étaient consternés et comme foudroyés dans leur plus chère affection. Les autres riaient aux éclats de la naïveté de ceux qui ajoutaient foi à la dépêche du roi Guillaume ; ils se grisaient de gaieté pour ne pas laisser accès au désespoir.

" Tous attendaient anxieusement la publication des dépêches, partagés ainsi entre une conviction poignante et un espoir chimérique, lorsque tout à coup la foule s'ouvrit avec respect pour laisser passage à M. Gautier, consul général de France. A l'instant, le silence se fit : tous les regards se portèrent sur lui. A son attitude grave, émue, à cet air auquel on ne se trompe pas et qui révèle un cœur brisé, la certitude se fit dans tous les esprits, et tous les yeux se mouillèrent de larmes. On resta longtemps, pleurant en silence, entourant le représentant de la France de la sympathie la plus vive, du respect le plus profond.

" Nous n'avons jamais vu pareil recueillement, semblable douleur. La France vaincue recevra des hommages plus retentissants,jamais un témoignage de plus sincère affection. Notre propre patrie écrasée, notre propre sol dévasté, n'auraient pas causé à nos âmes une souffrance plus cruelle, arraché à nos poitrines un sanglot plus déchirant. Le peuple canadien tient encore à la France par toutes les fibres du cœur."

Chroniqueur fidèle de ces jours néfastes je tiens à donner une idée de la physionomie de mon pays pendant ces heures terribles pour notre mère-patrie et pour nous.

La défaite fut annoncée en ces termes par l'*Evénement*.

—La vieille France a été vaincue par la Prusse nouvelle, c'est-à-dire par la science et par le progrès appliqués par la guerre. Elle qui a si souvent dévancé les autres nations, qui tant de fois leur a montré la voie, elle s'est laissé surprendre. Se reposant sur son génie qui lui rend tout facile, sur sa valeur qui met tous les prodiges à sa portée, elle a méprisé les forces qui ont changé la face du monde, sans lesquelles les peuples ne peuvent plus rien, et qui ont rendu les héros inutiles.

Eclairée par cette brusque catastrophe la France nouvelle va mesurer la profondeur de l'abime à laquelle elle échappe. Avec cette sorte d'intuition merveilleuse qu'on lui connaît, elle va apprendre en un jour ce qui lui a coûté si cher d'ignorer ; et s'élançant avec cette impétuosité, qu'aucune nation n'a possédé au même dégré qu'elle, dans les voies où la Prusse ne s'est avancé qu'à force de temps et de patience, elle la rejoindra bientôt, la dépassera, et prendra plus tard, dans toutes les sphères à la fois, une de ces éclatantes revanches qui effacent la trace des humiliations et qui portent du coup au sommet.

Ne désespérons donc pas, Canadiens-français ! A la tristesse de nos âmes, nous sentons que l'épreuve est terrible, la blessure affreuse, la chute épouvantable ; mais aussi, nous voyons au fonds du cœur comme au fond de l'esprit, une lumière qui nous montre la France reprenant sa place dans le monde."

Un des doyens de la presse canadienne-française, M. J. G. Barthe, écrivit alors des lettres fort émues.

Il en fut ainsi de M. Arthur Dansereau, de tous les Canadiens-français et de plusieurs anglais qui tenaient une plume en ces jours néfastes.

Le 17 novembre 1870, un irlandais adressait en anglais à la *Minerve* de Montréal, une longue lettre. Il faisait un chaleureux appel à ses compatriotes en faveur de l'œuvre de la Souscription Nationale et il terminait en disant :

—Vive la France ! Vive la belle France !

Détail touchant : je le tiens du fils de M. Gautier. En ce moment, M. le consul général de France était resté lui, sa famille, la famille de son chancelier, M. Feer, pendant plusieurs mois sans communication avec Paris, sans communication avec le contentieux. M. Charles E. Levy, président de la *banque Union* offrit alors à M. le consul général de France d'escompter ses traites, payables après la guerre. Un offre du même genre, officieux et personnel, avait été fait dans le temps aussi par le gouvernement fédéral, à M. Gautier.

Que puis-je ajouter à toutes ces marques de sympathie données à notre mère-patrie en ces jours de deuil ? Saint-Roch de Québec qui avait vû naître la Souscription Nationale pour les blessés, les veuves et les orphelins, Saint-Roch qui avait vû ceux des siens qui ne pouvaient rien donner aller offrir au consul de France l'impôt du sang en s'enrôlant sous le drapeau tricolore, (1) Saint-Roch voulut être le dernier des nôtres debout auprès de la mère-patrie blessée. Le 10 octobre avait lieu dans la salle Jacques-Cartier une grande soirée dramatique, avec tombola au profit des blessés.

Au milieu de ces actes de patriotisme et de souvenance j'ai pu oublier les plus nobles, les plus beaux. Les cœurs délicats qui en ont été les auteurs me le pardonneront facilement. Ils étaient avec nous au premier rang. En ces temps, où chacun semblait renier le pays qui nous a donné nos ancêtres, le Canada-Français s'est levé tout entier. Il a payé de sa personne dans l'humble mesure que lui faisait sa position.

N'oublions pas aussi que bien des noms de souscripteurs n'ont pas voulu apparaître. Leur pauvreté, la somme minime offerte et acceptée,

---

(1) Cet épisode de notre histoire a fourni à Fréchette une de ses plus belles poésies.

leur donnait pourtant le droit de figurer sur ce tableau d'honneur de notre race.

Le surlendemain de la défaite de Sedan, le vice-consul de France à Montréal versait dans la caisse de secours une somme de $1,500.

Malheureusement l'ombre suit la lumière. Il faut tout dire ici. A côté de ces actes de grandeur d'âme, de charité chrétienne sont venues se placer certaines étroitesses malignes. Nos compatriotes anglais de Québec s'étaient montrés généreux comme toujours. C'est ainsi que la maison Sharples avait souscrit $100 ; M. Fry, $50. Grisé par les succès prussiens, le *Witness* de Montréal eût l'imprudence d'écrire ce qui suit :

"—A Québec et partout ailleurs, nous avons des témoignages évidents prouvant que le Canada a échappé à un grand danger. Si Napoléon III eut obtenu un plein succès, l'esprit national des populations françaises et irlandaises catholiques aurait pris des proprotions trop grandes pour être réprimé, et il serait publiquement tombé dans les extravagances d'une nature perfide. Dans tous les cas la position des enfants d'Albion n'aurait pas été des plus belles. La même chose serait arrivée en Irlande, et dans les Etats-Unis la population irlandaise aurait été surtout rampante. Le fusil à aiguille de la Prusse a, inutile de le répéter, éloigné ce danger ; et toutes les classes de notre population peuvent maintenant vivre en paix."

Ce maître Aliboron avait jugé le moment opportun pour lever le pied sur la France qu'il croyait écrasée. Et pourquoi pas ? il y a bien de par le monde des roquets qui sont aussi courageux que lui. Ils prennent un air de matamore quand ils ont levé la patte sur les monuments.

L'unique réponse à ces vilénies fut le succès de la Souscription Nationale. Cette éloquence en valait bien une autre. L'année avait été difficile. En 1870 le feu balayait un des quartiers les plus français de Québec. L'incendie dans les bois abattait une immense région forestière. Au Saguenay toute la récolte était brulée : des milliers de personnes se trouvaient dans la misère et sans abri. Le Nouveau-Brunswick, la Nouvelle-Ecosse, les régions du lac Supérieur, l'Ottawa avaient été dévastés par le fléau. Dans ce dernier pays 200 familles étaient sans maisons. Québec surtout avait été frappé, et c'était dans ces temps d'abandon et d'affliction que l'on demandait des souscriptions. A Montréal d'importantes manufactures avaient été brûlées ; 60 maisons du village de Saint-Augustin avaient été rasées, et quelque temps après, l'incendie avait un instant menacé de détruire tout Vaudreuil. N'importe ! La mère-patrie avant tout ! et partout ce devint une course au clocher de la charité. Chacun venait apporter ce qu'il avait ; les uns une part de leurs richesses ; d'autres celle de leur pauvreté ; d'autres celle de l'intelligence ; tous, leurs prières pour la FRANCE.

A Montréal les souscriptions se continuèrent encore pendant quelque temps. Le 29 septembre un concert promenade s'ouvrait sous le patronage de lady Cartier et de lady La Fontaine. L'honorable M. Chapleau, Secrétaire d'Etat et M. de Lorimier, faisaient des discours patriotiques à l'assemblée de Mile End, tenue pour venir au secours des blessés. Ce jour là on pouvait lire partout sur les murs de grandes affiches tricolores, avec ces mots : Vive la France ! Une représentation donnée au rond Saint-Jacques versa $175.77 dans la caisse des soldats ; une excursion de Longueuil à Varennes rapporta $36.00 et le produit de la vente des billets du concert $564 85.

Les souscriptions canadiennes expédiées en France par le consulat général de notre mère-patrie, se chiffrent ainsi :

Traite expédiée		Somme Louis sterling		Somme Dollars
14 Septembre	1870.........	£650		
21 Octobre	"	£550		
1 Juillet	1871.........	£211.12.9		
12 "	"	£278.7.11	=	$8,450.00
18 "	"			$1,333.00
15 Septembre	"			$ 496.00
19 Octobre	"			$ 418.95
8 Novembre	"			$ 225.77
Ces sommes donnent un total de				$10,923.72

Ajoutez la somme de $689 envoyée par madame juge Ulric Tessier, trésorière du comité des secours aux veuves et aux orphelins français réfugiés à Londres, ainsi que les $909 recueillies à Saint-Jean par l'honorable M. Marchand en faveur "des paysans qui avaient le plus souffert de la guerre contre la Prusse," et vous arrivez à un total de $12,522.12.

Voilà qui est bien, n'est-ce pas? Ces modestes, chiffres inscrits par des pauvres, par des gens qui furent longtemps oubliés par la mère-patrie, prouvent que nous sommes fiers d'être de descendance française. Ils font taire les criailleries de ces impuissants qui vivent autour de nous, battent des mains dès qu'ils croient que la France chancèle, et qui se mettent à ramper pour toucher le bas de sa robe et se donner un peu du courage qui leur manque, dès qu'elle reprend sa marche grandiose à travers les siècles. Nous savons qu'on ne touche pas impunément à l'arche sainte : nous croyons fermement que Dieu—tout en la châtiant et en l'humiliant parfois —a voulu que la France reste ici bas la terre de la foi, de la chevalerie et des grandes pensées.

Voilà le *Credo* de notre patriotisme français. Ce patriotisme n'attendait que l'occasion de se manifester.

Il l'a fait en 1870, en créant ici la Souscription Nationale en faveur des blessés français des armées de terre et de mer. En cette circonstance, l'un d'entre nous a été particulièrement heureux. Un montréalais, le zouave pontifical Pascal Comte, a fait partie du corps de Charette. Il est tombé mortellement frappé sur le champ de bataille de Pathay en criant. :

—Vive la France!

Encore un Canadien français qui lui aussi souscrivait à sa manière !

Démosthènes un jour disait :

—Déserter le poste marqué par les aïeux est un crime qui mérite la note d'infamie.

Ces paroles ne sauraient s'appliquer à notre race. L'histoire de la Nouvelle-France, faite par nous, est une des plus belles pages de l'histoire de France pendant les deux derniers siècles

Depuis la *Cession du Canada*—il est bon de faire fi de cette rumeur et d'écrire que nous n'avons pas été *Conquis* mais que nous avons été *Cédés* par des traités diplomatiques—nous n'avons pas oublié la France.

Nous, les 60,000 abandonnés de 1763, nous qui avons été délaissés par l'aristocratie, par la finance, par l'armée, par l'administration, nous les paysans laissés seuls en face de nos prêtres, nous nous sommes recueillis sous l'œil de Dieu. Nous avons prié et lutté ; nous nous sommes dit qu'il fallait rester unis ; dans cette union, nous avons su puiser la force invincible qui fait de nous aujourd'hui une nation de deux millions de Canadien-Français.

Nous sommes la France américaine. Nous avons pris possession de ce sol et nous le gardons, car nous sommes pleins d'espérance en la vitalité, en la fécondité de notre race. Nous n'avons pas peur des nationalités qui voudraient nous atteindre et essayer de nous faire disparaître. Notre passé nous enseigne que la famille canadienne-française n'aime pas à être à l'étroit pour se développer, et qu'elle sait faire reculer à temps ceux qui la jalousent et qui nuisent à sa prospérité.

Fils de la vieille France nous sommes fiers d'avoir conservé sa langue et ses traditions.

Cédé mais non *Conquis* : voilà notre position historique.

La dernière victoire française au Canada a été celle de Sainte-Foye. Elle a été remportée par le général de Lévis, sept mois après la capitulation de Québec : voilà la vérité.

Pendant quelques jours Lévis attendit du secours de France, dans ce repli que fait la rivière Saint-Charles, repli où Jacques Cartier avait passé son premier hiver. Versailles ne répondit pas à son attente. Vainement, celui qui plus tard devait mourir maréchal de France, vainement Lévis attendit. Il fallait quitter le champ de bataille où l'on venait de vaincre l'ennemi une dernière fois !

Plus tard, Lévis partit de Montréal après avoir brûlé ses drapeaux et après avoir reçu les honneurs de la guerre.

Depuis ces jours-là nous sommes devenus des sujets anglais, et je dois le dire hautement, nous n'avons pas à nous plaindre, car l'Angleterre a su scrupuleusement conserver vis-à-vis de nous la foi des traités. Nous, nous en avons fait autant.

Ce nouvel état de choses n'a pas rompu la chaîne des traditions chez nous. La France ne venant plus à nous, nous sommes allés à elle, et depuis la *Cession* du Canada, toujours nous avons eu des Canadiens Français dans ses armées de terre et de mer.

C'est ainsi que nous avons eu les deux amiraux de Vaudreuil, nés au Canada.

Bedout, né à Québec, parti comme mousse, est mort vice-amiral de France.

Martin, né à Louisbourg, est mort vice-amiral.

Denys de Bonaventure, l'Echelle, sont morts capitaines de vaisseau.

Voilà pour la marine.

Quant à l'armée, les canadiens y ont débuté par y être representés par le général le baron de Léry chargé du commandement supérieur du génie, par Napoléon I. Cet homme a resisté à Wellington en Espagne.

Sous le second empire, nous avons eu en Crimée et en Kabylie, Casault et de Bellefeuille ; au Mexique, Huneau, tué à Medellin ; Beaugrand, plus tard maire de Montréal et ancien maréchal des logis chef à la contre-guérille du colonel Dupin ; Arthur Taschereau, lieutenant de chasseurs, aide-de-camp du général Wachter, plus tard aide-de-camp du lieutenant-gouverneur Caron ; le signataire de cette étude, ancien capitaine au 2° bataillon d'infanterie légère d'Afrique, le même régiment qui a fait au Tonquin sous les ordres du commandant Dominé le fait d'armes de Tuyan-Quan.

Je viens de l'écrire, lorsque nous pleurions la patrie humiliée, Pascal Comte zouave pontifical et Canadien-français, allait mourir pour la France à Pathay ; au Tonquin, Jean Louis Renaud, caporal à la 2° compagnie du 3° bataillon du 1° régiment étranger, en faisait autant à Sontay.

Aujourd'hui, la chaîne des traditions se maintient encore. Chartrand, ancien capitaine du 65e régiment de Montréal est lieutenant au 3 zouave. Il est porte-drapeau : les couleurs tricolores du 3e zouave—elles ont été décorées au Mexique,—ne sauraient être en de meilleures mains. Théophile-Edouard Ayotte a servi dans la légion étrangère au Tonquin. Il est maintemant un des pensionnaires du gouvernement français.

Je me permettrai de placer ici un souvenir qui m'est personnel. J'ai raconté cet épisode de ma vie à une assemblée publique tenue à Hull, province d'Ontario.

Un soir, j'étais en France l'hôte de mon ami Drouin, capitaine de frégate. La scène se passait à Montmirail près de la Ferté-Bernard, département de la Sarthe.

Debout sur une terrasse, j'étais pensif au milieu des mille bruits que l'on entend au coucher du soleil.

Tout à coup je tressaille, j'écoute.—On chantait au fond du jardin la ballade canadienne qui est devenue notre chant national : *A la claire fontaine !*

Alors je vis défiler devant mes yeux tout notre passé, tous nos morts glorieux, et je me sentis pleurer.

8

On chantait :

Il y a longtemps que je t'aime
Jamais je ne t'oublierai.

Je revis nos victoires, nos défaites plus glorieuses encore que les victoires Je vis la nouvelle France à son berceau : je la vis grandir à travers les âges pour devenir ce qu'elle est et ce qu'elle veut être : la France catholique et américaine.

Maintenant peut-on douter de l'existence du Canada-français ?

Non.

Le Canadien-français fidèle à l'Angleterre n'oubliera jamais la France. Notre pensée et notre cœur sont à notre mère-patrie.

Dernièrement un journaliste et un militaire, M. Léon de la Brière, offrait au Canada une poésie.

Hommage délicat d'une des illustrations de la presse française, ces vers resteront.

Ils disaient :

A travers l'Atlantique, une voix a parlé !
C'est notre jeune sœur, c'est la *nouvelle France*
Qui, dans le fier essor de son adolescence
Adresse un cri d'appel au vieux monde ébranlé.
" Viens, frère, viens puiser ma force et ma jeunesse !
" Viens puiser aux trésors de ma fécondité
" La puissante verdeur de ma virginité !
" De centuples moissons, assure ma promesse !

"Demande à mes sillons, demande à mes forêts,
"Ce qu'un sol épuisé refuse à ta culture,
"Et demain, pour nous deux, la moisson sera mûre ;
"Car j'ai place pour tous en mes vastes bienfaits.
"Tu rempliras chez moi tes granges appauvries ;
"Et dans mon cœur ému, tu trouveras, ardents
"Les communs souvenirs, les communs sentiments
"Et le culte jumeau de nos doubles patries.
"Tout est rempli de toi, frère trop oublieux :
"Tout chante sur mon sol ton passé, ta mémoire ;
"J'ai cultivé ta langue et gardé ton histoire ;
"Plus fidèle que toi, j'ai conservé tes lieux !
"Loin de toi deux cents ans, j'ai grandi solitaire ;
"Mais vivace en mon cœur je retrouve ton sang ;
"Ta sœur sait refuser un autre embrassement ;
"Pour partager sa dot elle appelle son frère !"

On ne pouvait mieux résumer le refrain de la vieille ballade canadienne française que j'ai entendu un soir chanter dans la Sarthe, chez mon ami Drouin, capitaine de frégate, et qui m'a fait pleurer :

Il y a longtemps que je t'aime,
Jamais je ne t'oublierai.

Oui France, jamais nous ne t'oublierons ! Nous l'avons prouvé depuis 1759 en te donnant le sang des nôtres. Nous venons de le prouver d'une matière plus pacifique mais toute aussi énergique en 1870, et en 1871, par la SOUSCRIPTION NATIONALE.

L'ÉLÉMENT ÉTRANGER

AUX

ETATS-UNIS

CONFÉRENCE LUE DEVANT LA SOCIÉTÉ ROYALE DU CANADA ET DEVANT L'UNIVERSITÉ LAVAL

Un écrivain américain, M. Joseph Edgar Chamberlin, vient de faire paraître une étude remarquable sur les éléments hétérogènes qui entrent dans la formation de la population des Etats-Unis.

Son travail est fait consciencieusement, sans phrases, sans commentaires superflus, et à ce titre il mérite l'attention de nos compatriotes, curieux de suivre les développements de nos voisins.

En étudiant le recensement fait aux Etats-Unis en 1880, on constate qu'il y avait alors 1,966,742 Allemands, ce qui est au total de la population 3·9 p. 100. A cette époque, il y avait 1,854,571 Irlandais, c'est-à-dire 3·7 par 100 sur le total de la population. En général, l'Allemand vient aux Etats-Unis pour fuir le militarisme. Le but de sa vie est d'avoir sa ferme, ses bestiaux à lui. Il se fait agriculteur pour devenir propriétaire. L'Irlandais traverse l'Atlantique et accourt aux Etats-Unis pour fuir le *landlordisme*. Il veut humer l'air de la liberté à l'ombre du drapeau étoilé. Une fois ce plaisir platonique passé, comme il est arrivé sans le sou, il s'en va, la plupart du temps— c'est M. Chamberlin qui constate ce fait— traîner une existence peu enviable dans les mines ou dans les manufactures.

L'élément anglais, écossais et gallois entre dans le recensement de 1880 pour le chiffre de 917,578. La plupart de ces émigrés se dévouent au travail des mines. Les Anglais se massent maintenant dans l'Utah, où—qui le croirait ?— ils sont attirés par les attraits du mormonisme ! Dans cet Etat on compte aujourd'hui 25,258 Anglais.

L'Amérique du Nord, écrit M. Chamberlin, apporte elle aussi son fort contingent à l'accroissement de la population des Etats-Unis, contingent de 717,157 âmes. L'élément anglais du Canada s'assimile promptement aux Yankees, et entre immédiatement dans le mouvement national *Il n'en est pas de même des Canadiens-français qui viennent chez nous. Ils sont difficiles à rallier. Ils ont l'esprit de clan, se tiennent ensemble, ne parlent que leur langue entre eux, se cramponnent à leurs coutumes, à leurs traditions, restent très souvent indifférents aux droits que leur confère le titre de citoyen des Etats-Unis, et sont pour la plupart imprégnés d'idées monarchiques.* Notre recensement ne donne pas d'une manière précise le nombre des Canadiens-français qui habitent maintenant les Etats-Unis, mais je ne crois pas me tromper en le portant au chiffre de 800,000.

L'immigration qui vient du Canada aux Utats-Unis se distribue ainsi dans chaque Etat :

Michigan	148,866
Massachusetts	119,302
New-York	84,182
Maine	37,114
Illinois	34,048
Minnesota	29,631
Wisconsin	28,965
New-Hampshire	27,142
Vermont	24,620
Iowa	21,097

Californie	18,889
Rhode-Island......................	18,306
Connecticut	16,444
Ohio	16,146
Kansas	12,536
Pennsylvanie	12,376
Dakota	10,658
Missouri	8,685
Nebraska	8,622
Colorado	5,785
Indiana...........................	5,569
New-Jersey........................	3,533
Nevada	3,147
Oregon	3,019
Washington	2,857
Montana	2,481
Texas.............................	1,472
Kentucky-.........................	1,070
Utah..............................	1,338
Maryland	988
Arkansas	787
Louisiane.........................	726
Virginie	585
Idaho	584
Arizona	511
Tennessee.........................	546
Wyoming	542

District de Colombie...........	414
Floride..............................	443
Caroline du Nord...............	425
Géorgie..........	348
Virginie Occidentale...........	295
Nouveau-Mexique	280
Alabama	271
Mississipi	231
Delaware	246
Caroline du Sud................	141

Les Norvégiens, les Suédois et les Danois sont au nombre de 440,266. Pour sa part, le Minnesota en compte 108,768, le Wisconsin 66,284, et l'Illinois 65,414. Les trois quarts de ces émigrants habitent les Etats du Nord-Ouest Partout où ils se groupent, ils conservent leur caractère national.

La France envoie peu d'émigrants aux Etats-Unis. Elle n'y compte que 106,971 des siens, répartis comme suit :

New-York.........	20,321
Ohio..................................	10,136
Louisiane...........................	9,992
Californie..........................	9,559
Illinois	8,525
Pennsylvanie.....................	7,049

D'après M. Chamberlin, il n'y a qu'en Louisiane et en Californie que l'élément français compte un par cent dans la population. Dans ces deux Etats, il donne la main aux émigrants du sud de l'Europe pour former un groupe latin important. *L'élément français et l'élément canadiens-français, réunis ensemble, donnent à la race gallique un total de* 380,000 *âmes, chiffre qui n'est pas aussi considérable, il est vrai, que celui donné par le groupe scandinave, mais qui tout de même exerce sa prépondérance sur les trois Etats du nord de la Nouvelle-Angleterre* "

Les Chinois sont au nombre de 104,469. Ils habitent surtout la Californie, l'Oregon, le Nebraska et l'Idaho. La Californie en compte 73,548 pour elle seule.

Après avoir résumé sérieusement l'étude de M. Chamberlin sur les élément étrangers qui entrent dans la formation du peuple des Etats-Unis, il est curieux de suivre à travers tous ses chiffres et toutes ses déductions la marche de l'élément canadiens-français.

" L'élément étranger, assure-t-il, prédomine surtout dans le Rhode-Island, où 24.4 p. 100 sont d'extraction étrangère, et 51.9 p. 100 sont alliés à des étrangers. 12.75 p. 100 de la population de l'île sont Irlandais, et 28 p. 100 de descendance irlandaise, *tandis que les Canadiens-*

français y comptent pour 10 sur 100. Ces rejetons de la race celte et de la race gallique sont de fervants catholiques romains. Ils sont plus nombreux, pendant la présente génération du moins, que le total des vieilles familles du Rhode-Island, d'où il est aisé de conclure que cet Etat devient sûrement un des boulevards de la religion catholique romaine aux Etats-Unis...Ce sera le premier Etat qui donnera une majorité catholique.

" Le Massachusetts vient après le Rhode-Island. Là nous avons une population étrangère de 24.9 p. 100, et une population de descendance étrangère de 49·5 p. 100. Le nombre des Irlandais diminue comparé à la totalité de la population étrangère, *mais celui des Canadiens augmente*.

" Le Connecticut approche les chiffres des deux Etats précédents. Il a 21·0 p. 100 de population étrangère : 11·1 de cette population étant Irlandais, 3·2 Anglais et 2·5 Canadiens.

" Dans le Maine, la population étrangère est de 9·1 p. 100, 5·7 p. 100 étant Canadiens et 2 p. 100 Irlandais. Dans le New-Hampshire 13·4 p. 100 sont des étrangers, 7·7 p. 100 *étant des Cana-*

diens-français, et 3·7 p. 100 des Irlandais. Au Vermont 12·4 p. 100 sont étrangers, 7·1 p. 100 *étant des Canadiens*, et 3·5 p. 100 des Irlandais. Le Maine, le Vermont, le New-Hampshire se ressentent peu de la présence de ces éléments hétérogènes, car *la majorité de la population de ces Etats étant canadienne-française se déplace continuellement. Néanmoins ces Canadiens resteront eux-mêmes beaucoup plus longtemps que les autres étrangers qui vivent à côté d'eux, car ils sont en constante communication avec leur patrie, le Canada-français.*

Dernièrement encore un journal important des Etats-Unis, le *Commercial Advertiser*, s'inquiétait de l'envahissement de la Nouvelle-Angleterre par les Canadiens-français.

Cet envahissement ne date pas d'hier à la vérité, mais le dernier recensement jette une nouvelle lumière sur les proportions qu'il a pris.

Ce fait a frappé le *Commercial Advertiser* qui observe en même temps que par suite de cet envahissement le caractère de la population a rapidement changé dans les Etats de la Nouvelle-Angleterre, et que celle-ci tend à devenir progressivement une Nouvelle-France.

“ Les “ habitants ” du Canada, dit-il, débordent par-dessus leurs frontières. La victoire remportée par les hommes de race anglaise, sous Wolfe, dans les plaines d'Abraham, est vengée par les femmes de la race de Montcalm. Cela a été une bataille de baïonnette contre baïonnette, et la victoire est restée aux Anglais. Aujourd'hui c'est une bataille de famille contre famille, de femme contre femme, et la Nouvelle-Angleterre est vaincue. Les essaims détachés de la ruche française prennent possession du terrain.

" Les descendants des " Pilgrims ", multipliant moins rapidement que leurs ancêtres, se raréfient d'année en année en suivant le fameux conseil d'Horace Greeley. Les jeunes gens de la Nouvelle-Angleterre s'en vont dans l'Ouest, dans le Sud, partout, pour échapper à la concurrence de nouveaux venus dont l'activité surpasse la leur et qui semblent avoir pris pour tâche de couvrir la terre. Ce n'est donc pas une plaisanterie qu'il n'ait été bâti qu'une maison depuis une génération à Kensington dans le New-Hampshire. Car c'est un des nombreux signes qui attestent que la Nouvelle-Angleterre des aïeux est en train de disparaître."

Le *Commercial Advertiser* attribue à d'autres causes encore que l'invasion et la fécondité canadienne, l'émigration de la jeunesse de la Nouvelle-Angleterre.

“ Sous beaucoup de rapports, dit-il, le Sud, depuis l'abolition de l'esclavage, offre un meilleur champ aux industries manufacturières que la Nouvelle-Angleterre. Et les gens de la Nouvelle-Angleterre n'ont pas manqué de s'en apercevoir.

“ Leur capital va au Sud, et ils transportent leur outillage là où il a plus de chance de leur rapporter des bénéfices. Le mouvement ne fait que commencer ; mais divers indices montrent d'où souffle le vent ; et il semble qu'il souffle pour emporter tous les Anglo-Saxons de la Nouvelle - Angleterre. Et que deviendra la Nouvelle-Angleterre sans ses Anglo-Saxons ? Juste ce que deviendrait *Hamlet* sans le prince de Danemark.

“ D'où la conclusion que la Nouvelle-Angleterre, qui est devenue un pays agricole sans culture, et qui est en train de devenir un pays industriel sans industrie, deviendra un jour un pays d'habitation d'été pour les citoyens américains, destination à laquelle elle est particulièrement propre à cause de la fraîcheur de son littoral et de son sol coupé de montagnes et de vallées pittoresques.

" Ce n'est point sans doute une destinée à dédaigner ; mais ce n'est pas tous ; car les Canadiens-français qui prennent la place de ceux qui s'en vont sont gens industrieux et rudes à l'ouvrage, et s'ils viennent s'établir dans la Nouvelle-Angleterre, ce n'est pas uniquement, on peut en être sûr, pour y tenir des pensions bourgeoises."

Mais revenons à notre étude. La Louisiane, continue M. Chamberland, contient 5·8 p. 100 de population étrangère, répartie comme suit : 1·8 p. 100 d'Allemands, 1 4 p. 100 d'Irlandais, et 1. p. 100 de Français.

" Dans cet Etat on trouve néanmoins qu'il y a 15·5 p. 100 de la population qui sont étrangers, preuve que l'immigration n'a pas été aussi considérable depuis quelques années que dès les commencements de la Louisiane. Ici, une chose frappe l'observateur. Il se trouve en présence d'une population ancienne, dévouée aux Etats-Unis dans le sens politique du mot, mais qui parle une langue étrangère à son pays. Les Créoles de la Louisiane ne se prêtent pas encore à nos manières ; il est difficile de pénétrer dans leur intimité, mais néanmoins ils n'ont pas de chauvinisme de race, et ils ne font rien sous ce rapport qui ne soit consistant avec leur titre de citoyen américain. *Ils forment ainsicontraste avec les descendants des colons français du Canada, qui sont encore si vivement attachés à la France, bien qu'ils en aient été séparés par bien des générations avant que la Louisiane ait cessée à son tour d'être française.* Ne serait-il pas logique de conclure de cette différence que les institutions républicaines ont plus le pouvoir d'assimiler les peuples que les institutions monarchiques ? Les Créoles de la Louisiane peuvent être comparés à ces descendants des colons allemands, en Pennsylvanie. Ils parlent encore la langue de leurs pères, mais ils ne songent guère à d'autre nationalité qu'à la nationalité américaine.

“ L'élément étranger est puissant au Michigan. Il y compte pour 24·8 p. 100. *Les Anglais mêmes du Haut-Canada y sont en majorité. Ils forment* 9·0 *p* 100 *de la population totale.* Dans le territoire du Dakota, les étrangers comptent 38·4 p. 100 de la population. *Sur ce chiffre* 7 1 *p.* 100 *sont des Anglais d'Ontario qui, mécontents du Manitoba, viennent s'établir ici.*”

Les conclusions de M. Chamberlin sont celles-ci.

Parmi les citoyens qui forment la population des Etats-Unis, les Allemands sont en majorité dans les Etats et territoires suivants : Alabama, Arkansas, Illinois, Indiana, Iowa, Colorado, Kansas, Kentucky, Louisiane, Maryland, Missouri, Nebraska, Ohio, Caroline du Sud, Virginie Occidentale et Wisconsin. (1)

Les Irlandais ont la majorité dans douze Etats : Connecticut, Delaware, district de Colombie, Géorgie, Massachusetts, Mississipi, New-Jersey, New-York, Pensylvanie, Rhode-Island, Tennessee et Virginie.

Les Chinois ont formé noyau dans cinq Etats et territoires : Californie, Idaho, Nevada, Oregon et Washington.

Les Canadiens-français commandent la majorité étrangère dans le Maine, dans le New-Hampshire et dans le Vermont ; les Anglais du Haut Canada, au Michigan et dans le Montana ; les Anglais, dans la Caroline du Nord, le Colorado, l'Utah et le Wyoming ; les Mexicains, dans l'Arizona,

(1) Dans le Colorado les lois doivent être publiées en anglais et en allemand. Au Missouri, écrit M. Joseph Tassé, certaines chartes, etc., peuvent être publiées en allemand, et dans le Maryland, des amendements à la constitution sont également publiés en allemand.

le Nouveau-Mexique et le Texas ; la race scandinave, dans le Dakota et le Minnesota ; les émigrants des Indes occidentales, dans la Floride.

En terminant son intéressant travail, M. Chamberlin jette un regard sur la carte des Etats-Unis, et nous prie de nous rendre compte de la position prise par ces divers groupes étrangers.

“ Ce que nous nommerons les Etats irlandais, dit-il commence au Massachusetts et se déroule tout d'une pièce au sud jusqu'au Maryland. Ils reprennent leur course en Virginie, inclinent vers l'ouest, passent par le Tennessee et viennent aboutir au golfe par la Géorgie et le Mississipi. Les Etats allemands forment au centre de la république un groupe compact, Ils vont du lac Supérieur au golfe du Mexique. c'est-à-dire du Wisconsin à la Louisiane, et à l'est ils partent du Nebraska, poussent une pointe à travers la Virginie Occidentale et le Maryland jusqu'à l'Atlantique. *Les Canadiens-français ont un groupe dans le nord de la Nouvelle-Angleterre, et les Anglais d'Ontario un autre dans le Nord-Ouest, au Michigan et dans le Montana,* ces deux groupes étant protégés *par la frontière canadienne.* Les Anglais ont trois divisions politiques qui se touchent, et un Etat détaché dans le sud des Etats-Unis. Les Mexicains ont les Etats limitrophes à leur pays, et les Chinois ceux qui regardent la Chine."

Voilà en peu de mots l'analyse de l'étude élaborée que M. Chamberlin vient de faire sur le recensement des Etats-Unis.

Elle est curieuse sous plus d'un point, et elle apporte un argument de plus à ceux qui croient que les canadiens-français sont tôt ou tard appelés à de hautes destinées.

Maintenant, jetons un coup d'œil, avec M. Rameau de Saint-Père sur ce qui se passe au Canada. Ce sincère ami de notre race, disait dernièrement l'*Evénement* de Québec dans un article fort bien fait, a entrepris de démontrer comment se sont opérés le développement et la répartition des Franco-Canadiens, dans l'Amérique Anglaise, de 1851 à 1881.

" Ce travail exceptionnellement instructif figure dans la *Revue française*.

" M. Rameau établit d'abord que dans les trente années qui se sont écoulées de 1851 à 1881 la population des quatre provinces, celles d'Ontario, de Québec, du Nouveau-Brunswick et de la Nouvelle-Ecosse, est montée de 2,312,919 qu'elle était à 4,044,060 âmes.

“ C'est une progression de soixante-quinze pour cent.

“ Si on décompose maintenant cette population pour savoir laquelle des deux nationalités du pays a porté la progression, l'on trouve que les anglais se sont accrus de 75 pour 100 et les français de 72 pour 100

“ Cette infériorité dans l'accroissement de la race française est plutôt fictive que réelle. Que l'on tienne compte seulement du fait que les anglais sont les seuls à bénéficier de l'immigration européenne alors que les Canadiens-français fournissent un contingent énorme à l'émigration aux Etats-Unis et tout s'explique.

“ Au reste, la statistique—abstraction faite des recrues que nous fournit l'immigration étrangère—prouvent surabondamment que l'expansion de notre race dépasse considérablement celle de la race anglaise. Il n'y a, pour s'en convaincre, qu'à compulser les tableaux spéciaux préparés par M. Rameau. Ils parlent d'eux-mêmes.

“ TABLEAUX spéciaux pour chacune des provinces orientales de la Confédération canadienne.—Progression comparée de leur développement ethnograghique et religieux.

PROVINCE D'ONTARIO

	Population totale.	Anglais protestants.	Anglo-irlandais catholiques.	Français catholiques.
1851	952,004	784,339	141,278	26,417
1861	1,306,091	1,137,910	224,864	38,287
1871	1,620,851	1,346,689	196,779	75,383
1881	1,923,228	1,602,389	218,096	102,743

“ On voit par ce tableau que la population totale de l'Ontario s'est accrue de 102 p. c.—Les anglais protestants se sont accrus de 104 p. c.—Les anglais catholiques de 54 p. c. ;—Les Canadiens-français catholiques de 288 p. c

PROVINCE DE QUÉBEC

1851	890,261	149,395	77,338	669,528
1861	1,110,661	167,910	95,109	847,615
1871	1,191,516	172,166	89,553	929,817
1881	1,359,027	188,309	96,898	1,073,820

“ On voit par ce tableau que la population totale s'est accrue de 93 p. c.—Les Anglais protestants de 31 p. c. ;—les anglais catholiques de 24 p c. ;—les Français de 60 p. c.

PROVINCE DU NOUVEAU-BRUNSWICK

1851	193,860	123,800	47,500	22,500
1861	252,047	169,109	49,388	33,600
1871	235,594	189,578	51,109	44,9[illegible]7
1881	321,233	212,142	52,456	56,635

" On voit par ce tableau que la population totale s'est accrue de 66 p. c.—Les Anglais protestants de 71 p. c. ;—les Anglais catholiques de 10 p. c. ;—les Français catholiques de 156 p. c.

PROVINCE DE LA NOUVELLE-ECOSSE

1851	276,854	207,723	46,131	23,070
1861	330,857	244,576	61,281	25,000
1871	387,8[illegible]0	285,799	69,168	32,898
1881	440,572	323,085	77,268	40,219

" On voit par ce tableau que la population totale s'est accrue de 56 p. c.—que les protestants anglais se sont accrus de 56 p. c. ;—que les catholiques anglais se sont accrus de 70 p. c. et les catholiques français de 73 p. c.

Ce travail de comparaison fait, M. Rameau conclut que c'est le catholique français, le canadien, qui paraît être l'homme le plus solide, l'homme d'avenir du pays.

" Dans toutes les provinces, c'est sur lui que repose principalement le progrès naturel de la population ; c'est lui dont le progrès spécifique fournit partout la cote la plus élevée, soit dans son centre primitif la province de Québec, soit encore dans les provinces anglaises, où pénètrent des excédents de population.

Et continuant ses études en dehors du pays, M. Rameau de Saint-Père disait que les Canadiens allaient franciser la Nouvelle-Angleterre.

Ce rêve peut se réaliser avant un siècle, écrivait le *Travailleur*, journal français publié aux Etats-Unis, si nos enfants demeurent Canadiens-français comme le sont leurs pères. Pour cela il faut l'école, encore l'école : il faut des professeurs patriotes, des instituteurs patriotes et tous les efforts d'un clergé patriote. Pour cela il faut des associations nationales qui soient fières d'elles-mêmes, et qui inculquent à leurs membres la fierté nationale. Avec tous ces éléments nous imposerons notre nationalité dans certaines parties des Etats-Unis, mais pas autrement.

N'est-ce pas la nationalité canadienne-française qui, en jetant son vote dans la balance politique, a porté aux honneurs de la présidence des Etats-Unis, M. Cleveland ?

En 1760, je me plais à le répéter, les Canadiens-français étaient 60,000. Aujourd'hui ils sont 1,073,820 au Canada, 102,743 dans Ontario, et, d'après les calculs de M. Chamberlin, 800,000 aux Etats-Unis.

Les provinces maritimes comptent 108,605 Acadiens, qui sont pour nous les frères des mauvais jours comme des jours ensoleillés.

Avec du courage, de la persévérance, de l'union, du travail et par-dessus tout un dévouement incessant à notre religion et à notre langue, l'avenir ne peut faire autrement que d'être à nous tous. Tôt ou tard, en marchant ensemble, nous arriverons à être une grande nation. La conclusion logique de ce travail ne peut être autre que celle-ci :

—Un jour nous serons la France catholique américaine.

FIN.

TABLE DES MATIÈRES.

PAGES.

Dédicace.. IV

I.—Suppression de la langue française au Canada.......... 1

II.—Le Canada et les Canadiens-français pendant la guerre franco-prussienne.................................... 65

III.—L'élément étranger aux Etats-Unis.................... 117

OUVRAGES DU MEME AUTEUR (1)

**A la Brunante.*—Contes et récits —*Les blessures de la vie.*—Une histoire de tous les jours.............. 1 volume

****De Québec à Mexico.*—Souvenirs de voyages, de garnisons, de combats et de bivouacs. Edition complète.. 2 volumes

**Choses et autres.*—Conférences, études, fragments.... 1 volume

****De Tribord à Babord*, trois croisières dans le golfe Saint-Laurent.................................... 1 volume

Cours de Tactique, (épuisé)........................... 1 volume

L'*Ennemi ! l'ennemi !* étude sur l'organisation militaire du Canada, (épuisé)......................... 1 volume

****Deux ans au Mexique*, avec une notice par M. Coquille, rédacteur du journal le *Monde* de Paris, 7e édition.. 1 volume

****Les Iles.*—Promenades dans le golfe Saint-Laurent, 7e édition illustrée, avec préface de M. Marmier, de l'Académie française........................ ... 1 volume

****La Gaspésie.*—Promenades dans le golfe Saint-Laurent, 7e édition, illustré............................ 1 volume

***En route.*—Sept jours dans les provinces maritimes. 1 volume

(1) Les ouvrages marqués * ont été couronnés à l'Exposition internationale de Géographie de Venise ; ceux qui sont marqués ** ont été désignés par le ministre de l'Instruction publique pour être donnés en prime dans les écoles de la province de Québec ; enfin ceux marqués *** ont été désignés par l'amiral Peyron, alors ministre de la marine de France, pour faire partie de la bibliothèque de certains navires de guerre français.

**A la Veillée*, contes et récits .... 1 volume

***Joies et Tristesses de la mer .... 1 volume

***Le Canada et les Canadiens-français*, pendant la guerre franco-prussienne .... 1 volume

**Loin du pays*, souvenirs d'Europe, d'Afrique et d'Amérique .... 2 volumes

L'*abbé Laverdière*.—Etude biographique avec portrait. 1 volume

Relation de ce qui s'est passé lors des fouilles faites par ordre du gouvernement dans une partie des fondations du collège des Jésuites de Québec, précédée de certaines observations accompagnées d'un plan par le capitaine Deville et d'une photographie .... 1 volume

La province de Québec et le Canada au troisième Congrès international de Géographie à Venise........ 1 volume

***Notice sur Jean Vauquelin*, de Dieppe, lieutenant de vaisseau (1727-1764) .... 1 volume

Les Canadiens-français aux Etats-Unis.—Séance de l'Assemblée Législative de Québec, du 28 mars 1883.. 1 volume

Notes pour servir à la construction du chemin de fer projeté le " Québec Oriental " .... 1 volume

Notes pour servir à l'histoire de l'empereur Maximilien du Mexique, avec portrait .... 1 volume

Procédures parlementaires : recueil des décisions des présidents de l'Assemblée Législative de Québec. 1 volume

La question du jour.—Resterons-nous français ?. ...... 1 volume

SOUS PRESSE.

Hommes de guerre et gens de lettres .... 1 volume

Vers le Passé .... 1 volume

www.ingramcontent.com/pod-product-compliance
Ingram Content Group UK Ltd.
Pitfield, Milton Keynes, MK11 3LW, UK
UKHW022109190726
13855UKWH00002B/735

9 782013 282888